Erinnerungen tragen mich

Herausgeber
Eberhard Traum

Gudrun Kneip

Erinnerungen tragen mich

Meine Reise vom Westerwald
in den Vogelsberg

*Des Menschen Herz erdenkt sich seinen Weg;
aber der Herr allein lenkt seinen Schritt.*

Salomo 16 Vers 9

Titelbild: Eberhard Traum
Text- und Bildbearbeitung und Layout:
Eberhard Traum

Fotos aus dem Privatbesitz der
Familie Kneip aus Unterreichenbach,
sowie Leihgaben anderer Familien

Bibliographische Information
der Deutschen Bibliothek

Die Deutsche Bibliothek verzeichnet diese Publikation in
der Deutschen Nationalbibliografie,
detaillierte bibliografische Daten
sind im Internet über http://dnb.ddb.de abrufbar.

ISBN: 978-3-7322-5529-0

Herstellung und Verlag
Books on Demand, Norderstedt

Copyright © 2013 Gudrun Kneip

Widmung

Manchmal ist es nicht einfach, sich für bestimmte Personen in einer Widmung zu entscheiden, aber ganz ohne geht es auch nicht.
*Der Titel **„Erinnerungen tragen mich"** steht für die fröhlichen wie auch für die traurigen Zeiten.*

Wie auch in meinem ersten Buch, geht mein Dank natürlich an meinen lieben Mann, der meine Aufzeichnungen leider nicht mehr verfolgen kann. Aber er gehörte zu den Menschen, die mich ermunterten, vergangene Zeiten zu dokumentieren. Er selbst lieferte dafür viele Aufzeichnungen.
Letztlich sind es die vielen Menschen, die wie ich in einer schwierigen Zeit geboren und aufgewachsen sind, und sich sicher mit einigen Passagen identifizieren können.
Ihnen widme ich dieses Buch ebenso, wie meinen Kindern Norbert und Jutta, sowie Enkel Timo.

Dank auch an Eberhard Traum, der, wie auch schon beim ersten Werk, dafür sorgte, dass aus den Erinnerungen ein Buch werden konnte.

Gudrun Kneip
Unterreichenbach

Kapitel-Übersicht

Die Situation, als ich geboren wurde 11

Kindheit in Kriegszeiten
(1939 bis 1958)

Von Dernbach nach Unterreichenbach 14

Ein bisschen Geschichte
über Unterreichenbach 20

Der Start im Vogelsberg 27

Bomben, Gefangenschaft und Schokolade 32

Schulzeit 35

„Boo frei" 41

Brot auf dem Schlitten
und ein Gürtel mit Herzchen 43

„Hamsterer", Kartoffelkäfer und Carepakete 46

So war's und nicht anders 50

Lehrjahre 51

Meine Geburt fiel mit der Kapitulation Polens zusammen, die der übermächtigen deutschen Wehr-macht nicht gewachsen war. Manche sagen, dass ich nicht nur deshalb so viel geschrieen hätte.

Meine Geburt im September 1939, in einem Entbindungsheim in Montabaur, brachte die ersten kleinen Probleme mit sich.
Natürlich hatte ich überhaupt keine Schuld daran, aber ich war, ohne Frage, der Auslöser. Ich sollte getauft werden, aber die Eltern waren schon 1937 aus der katholischen Kirche ausgetreten. Es war eine Zeit großer Veränderungen.

Die Familie zog um in den Vogelsberg und vergrößerte sich. Vier Geschwister folgten mir.

*Von links: Gudrun, Elke, Sieglinde,
Gerald und Volker*

Neuanfang und eigene Wege
(ab 1958)

Gedanken zur eigenen Situation 62

Heirat, umdenken und neu orientieren 65

Landfrauen in Unterreichenbach 74

Die Tracht im Vogelsberg 78

Der Niedergang der Tracht 82

Resümee 83

Ein paar Kriegserlebnisse hatten wir in Unterreichenbach auch, aber da war die Angst größer als die Gefahr.
Als katholisch getauftes Kind, wurde ich später in Unterreichenbach konfirmiert. Der Wechsel zu einer anderen Konfession war ein Ereignis, das besondere Beachtung in meinen Erinnerungen bekam.

In Erinnerung an die Konfirmation, war es tatsächlich eine sehr bewusste und eigenständige Entscheidung, den Konfessionswechsel zu wagen.
Somit wurde die einst eigenmächtig von Oma und Tante vollzogene Taufe, bei der nicht einmal meine Mutter dabei sein konnte, als kleiner Fehltritt erkannt und zu den Akten gelegt.

*Meine Konfirmation im Jahre 1954
Ich bin vorn, stehende Reihe, die 3. von links*

Als ich 1954 konfirmiert wurde, wir waren 58 Konfirmanden vom ganzen Kirchspiel. Aus unserem Dorf waren wir acht Konfirmanden.
Die auswärtigen Konfirmanden kamen mit Kutschen oder mussten einen Bauern bitten, sie nach Unterreichenbach in die Kirche zu bringen.
Es war damals Sitte, dass sich alle Konfirmanden nach dem Essen trafen, und alle gemeinsam bei jedem anderen Konfirmanden Zuhause vorbei schauten. Dann gab es etwas zu trinken und weiter ging's zum Nächsten.
Die Erwachsenen kamen auf uns zu und gratulierten und wir fühlten uns selber schon ganz erwachsen.

Die Feier fand danach im engsten Familienkreis statt.
Wir hatten schwarze Kleider an, ich hatte ein Taftkleid mit einem weißen Spitzenkragen.
Das trugen dann später meine beiden Schwestern auch zur Konfirmation. Meine vier Geschwister wurden alle zusammen im Jahre 1956 getauft. Dafür suchten sich meine Geschwister ihre Taufpaten im Dorf selbst aus.

*Sieglinde fand Frau Lohfink, Volker hatte sich Heinrich Herchenröder ausgesucht, für Elke war Elisabeth Acker bereit und für Gerald Heinrich Wolf.
Die „Müllerkinder" waren ab da evangelisch. Die Konfessionslosigkeit hatte ein Ende gefunden.*

*Ich erinnere mich noch an den katholischen Pfarrer aus Birstein, der mit allen Mitteln versuchte, meine Mutter und uns Kinder wieder zum katholischen Glauben zurückzuführen.
Denn bis dahin wuchsen wir „Müllerkinder" ohne Religion auf. Die große Leistung meiner Mutter war, dass sie dem Pfarrer sagte, dass wir Kinder das selbst entscheiden müssten. Damit war die Sache gelaufen. Bis zur Konfirmation hatten wir also genügend Zeit zum Überlegen.*

Schule und Ausbildung prägten mich, und meine Erinnerungen an diese Zeit glichen einer Berg- und Talbahn, von Himmel-hoch-jauchzend bis zu-Tode-betrübt.

Die deutsche Situation, als ich geboren wurde

Als ich am 21. September 1939 das Glück meiner Eltern komplettierte und in Montabaur/Westerwald geboren wurde, gab es einen Tag später weniger Grund zum Jubel, zumindest in unserer Familie, denn Polen kapitulierte vor der übermächtigen deutschen Wehrmacht.

Mein Vater berichtete mal, dass es zwar akzeptiert wurde, aber euphorischer Jubel ausblieb. An einen Krieg dachte da kein Mensch, weil das Scharmützel in Polen eigentlich eine „Kaffeefahrt" gewesen war und nur das gerade gerückt wurde, was schon längst fällig gewesen wäre. Und das hätten auch die Polen so gesehen. Na ja, da kann man geteilter Meinung sein. Es war alles so wie schon im Oktober 1938, als das Sudetenland besetzt wurde, oder der Einmarsch in Prag im März 1939.

Damals verkündete Hitler bei einem Besuch in Prag, von der Errichtung des Reichsprotektorats Böhmen und Mähren, womit die Tschechoslowakei ganz in die Oberhoheit Deutschlands geriet. Man gewöhnte sich fast an diese Methode der Besetzungen und Übernahmen. Es dauerte nur ein paar Tage, als klar wurde, dass der zweite Weltkrieg offiziell begonnen hatte.

Ich selbst hatte natürlich überhaupt keine Ahnung von den Dingen und machte in die Windeln, wie alle anderen Kinder der Welt auch. Ich schrie wie sie und hatte Hunger wie sie, und meine Eltern strotzten ebenso vor Stolz wie alle Eltern auf der Welt.

Eine erste familiäre Veränderung gab es im Jahr 1941, als mein Vater eine Anstellung in der Molkerei von Unterreichenbach bekam.

Es war für die Familie eigentlich ein Glücksfall, in einer Zeit, in der man so weit wie möglich von Kampfhandlungen weg sein wollte. Es wurde der Grundstein für ein Leben im südlichen Vogelsberg gelegt, in dem ich groß geworden bin und den ich als meine Heimat betrachte. Alles, was in meinem Leben passierte, hatte seinen Ursprung in Unterreichenbach.

Gudrun Kneip: „Ich freue mich immer, wenn ich meine Erinnerungen vortragen darf und auch junge Leute wissen möchten - wie war das denn damals?"

Ich bin stolz darauf und möchte, nicht nur aus diesem Grunde, einige meiner Erinnerungen aus der Zeit und der Region wiedergeben, sofern sie für die Allgemeinheit von Interesse sind, und für andere bewahren, die ähnliche Verbindungen besitzen, sie aber nicht aufschreiben konnten oder können.

Insofern übernehme ich gern die Rolle der Berichterstatterin über Unterreichenbach und die südliche Region Vogelsberg.

Angesiedelt sind meine Erinnerungen in der Zeit zwischen 1939 und 2009. Und wenn Gott will, werde ich noch viele Jahre berichten und erzählen können. Aber genauso würde ich mich freuen, wenn die Menschen sich hinsetzten und ein bisschen in meinen Aufzeichnungen lesen.

Kindheit in Kriegszeiten
(1939 bis 1958)

Von Dernbach nach Unterreichenbach

Meine Eltern darf ich nicht vergessen zu erwähnen, denn ohne sie wäre ich ja nicht in der Lage, überhaupt etwas zu berichten.
Meine Mutter Barbara war eine geborene Vötter, 1909 geboren im Weiler Katzbrui/Allgäu.
Sie war das 14. Kind in der Familie, was zu der Zeit keine Seltenheit war. Die katholische Kirche wachte über Alle und Alles.

Nie vergessen werde ich, wenn meine Mutter über ihre Kindheit erzählte.
So musste sie jeden Morgen etwa drei Kilometer bis in die Schule nach Köngetried laufen. Und auch wieder zurück, und das bei jedem Wetter.
Die Haushälterin des Pfarrers kontrollierte den täglichen Kirchgang, der wichtiger war als die Schule selbst.
Ein bisschen über meine Mutter wird, zwischen allen meinen Erinnerungen, immer mal wieder auftauchen.

Mein Vater, Karl Müller, wurde auf dem elterlichen Burghof in Dernbach/Westerwald geboren.
Er war der zweite Sohn und somit nicht der Erbfolger auf dem Gut. Er wurde später ausbezahlt. Streng im katholischen Glauben wurde auch mein Vater erzogen.
Meine Oma, die Mutter von Vater, vermachte regelmäßig und viel der katholischen Kirche.
Das war meinem Vater ziemlich gegen den Strich gegangen und er reagierte heftig.

Meine Mutter Barbara geb. Vötter (3. von rechts), mit einem Teil ihrer Geschwister, 1936 in Katzbrui/Allgäu

Gutsbesitzerfamilie des Burghofs in Dernbach. In der Mitte der Großvater Anton Müller (†1935) mit seinen Geschwistern

So entschlossen sich meine Mutter und mein Vater dazu, der Kirche den Rücken zu kehren.
Das war zu der Zeit ein sehr gewagter Schritt. Im Jahr 1937 passierte das und die Familie meines Vaters lehnte sich geschlossen gegen seine Eltern auf. Mutti sagte später öfter zu uns Kindern: „Ich habe für euch alle, fürs ganze Leben mitgebetet."
Als ich zur Welt kam, hatten dann meine Oma, Vaters Mutter und seine Schwester Maria mich geschnappt und noch im Entbindungsheim, möglicherweise ohne zu fragen, in der Kapelle taufen lassen.
Natürlich wurde ich katholisch getauft.
Meine Mutter lag derweil noch im Wochenbett und Vater war gar nicht dabei.
Als 1939 das Reichserbhofgesetz in Kraft trat, musste mein Vater den Hof verlassen. Er ging nach Frankfurt und wurde zum landwirtschaftlichen Kontrollbeamten ausgebildet.

Der Burghof in Dernbach
(Freigabe durch „Westdeutsche Luftfoto T4)

Seine genaue Bezeichnung war Produkt- und Fleckviehzüchter-Kontrolleur. 1941 bekam er seine erste Anstellung bei der Molkerei in Unterreichenbach.

Parallel suchte er für sich und seine Familie eine Wohnung, die dann im November, meine Mutter war hochschwanger, nachkommen konnte.

Das Molkereigebäude aus dem Gründungsjahr 1899

Vater, der in der Gastwirtschaft Herchenröder, („Isenburger Hof") wohnte, hatte meine Mutter einmal bei der Wohnungssuche dabei, so schwanger wie sie war.
Ein junges Mädchen sagte damals: „Mir nemme die net, es konn ja noch en Stall voll Kinn gebe!"
Die Mutter entgegnete, zu meiner Mutter gewandt: „Sie sind noch eine junge Frau, sie können noch viele Kinder kriegen."

Das Mädchen: „Gell Mame, sei mer froh, dass mer die Bagasch los sei."

Im Haus Nr. 10 bekamen meine Eltern dann eine Wohnung. Der Hausnahme war „Naureuthers", aber gewohnt hatte dort die Familie Lohfink.
Das mit den Hausnahmen ist mir später noch öfter begegnet. Das Haus Nr. 12, genannt „Kathrainers" sollte noch eine ganz besondere Bedeutung für mich bekommen. Dort wohnte die Familie Kneip.

Nun hatte Vater meine Mutter und mich endlich bei sich. Noch im November 1941 zogen meine Eltern um nach Unterreichenbach.
Ein Lastwagen der Molkerei, mit Fahrer Heinrich Kling, brachte Mutters Möbel und den gesamten Hausrat von Dernbach nach Unterreichenbach. Im Dezember kam meine Schwester Sieglinde auf die Welt.

Kaffeenachmittag in unserer Wohnung, mit den Lohfinks zu Gast
(Karl Lohfink, lks. und Frau Lohfink, mitte).
Die Tischdecke ist noch heute in Gebrauch.

Ab der Zeit wohnten meine Eltern, trotz ihrer abweichenden Lebenseinstellung, man war ja nicht mehr Kirchenmitglied, geachtet und anerkannt im Dorf.
Allerdings wurden sie immer mit „SIE" angesprochen, was eigentlich ungewöhnlich war.
In der Familie folgten meine Geschwister, die alle im Haus Nr. 10 geboren wurden. Volker im Dezember 1942, Elke im Januar 1944 und Gerald im Juli 1947.

In dem Zusammenhang fällt mir die Aussage unseres Nachbarn Fritz Volz ein, der zu meiner Mutter einmal sagte: „Haach mer nur net dos Mädche (gemeint war ich). Dou host ja nur Zorn, weil dou de Ranze scho widder voll host."
Sie war da schwanger mit Gerald, der dann am 22.7.1947 zur Welt kam.

Gudrun mit ihren vier Geschwistern

Meine Eltern hielten eine gewisse Distanz zum Dorf, obwohl meine Mutter Gründungsmitglied bei den Landfrauen war. Da war sie allerdings schon fünfzig Jahre alt und die anderen Frauen viel jünger.
Sie blieben schon aus Respekt gegenüber der Älteren beim formlosen „Sie".

Ein bisschen Geschichte über Unterreichenbach

Bevor ich mit meiner eigenen Geschichte fortfahre, möchte ich ein bisschen aus der Geschichte meines Heimatortes, zu dem Unterreichenbach wurde, erzählen. Denn vieles aus meinen Erinnerungen, die ich detailliert darstelle, wird dann klarer und verständlicher.

Unterreichenbach spielte schon ganz früh, seit seiner Gründung im 8. Jahrhundert, eine gewichtige Rolle. Es besaß die Gerichtsbarkeit für die Region.
Unterreichenbach war immer ein Bauerndorf, vorwiegend mit Viehwirtschaft und Getreideanbau.
Zu jener Zeit gab es drei Backhäuser in Unterreichenbach, in denen Roggen zu Mehl gemahlen und zum Brotbacken verarbeitet wurde. Weizen wurde für Kuchen und anderes verwandt.
Außerdem wurde immer ein halber Sack Gerste mit gemahlen, um als Graupen in Speisen Verwendung zu finden. Aber nicht nur Brot wurde gebacken. Obst wurde zum Beispiel als Wintervorrat getrocknet, wenn das Brot gebacken war.
In den letzten Jahrzehnten wurden die Backhäuser bedeutungslos, der Getreideanbau ging zurück.
Großmühlen und Großbäckereien übernahmen die Aufgaben der fleißigen Bäuerinnen.
Das Backhaus in der Georg-Spohr-Straße diente bald als Waagehäuschen für Schweine, Kälber und Rindvieh. Den anderen Backhäusern drohte der Verfall.

Erst in jüngster Zeit erinnerte man sich an die alte Backkultur und die Backhäuser erlebten eine Renaissance.
In der Sotzbacher Straße wurde 1899 eine Molkerei gebaut und eine Genossenschaft gegründet. Drei bis vier Angestellte fanden dort eine Arbeit. Ansonsten waren die Landwirte, die über genügend Land verfügten, Hauptarbeitgeber in Unterreichenbach. Sie beschäftigten Knechte und Mägde.
Im Jahr 1938 wurde ein neues Molkereigebäude errichtet. Erst 1980 kam noch eine Milchtrockenanlage dazu. Die Gebäude existieren heute noch und werden als Gemeindebauhof genutzt.

Wenn in der Winterzeit die Milch, die von den Bauern geliefert wurde, nicht ausreichte, kamen in der Nacht oft LKWs aus Südtirol. Die Tanks waren mit Apfelsaft gefüllt, den sie zum Eindicken anlieferten.
Die Molkerei nutzte so die freien Kapazitäten in der Winterzeit, was wirtschaftlich gesehen auch logisch erschien. Das gewonnene Konzentrat wurde später wieder abgeholt. Die Fahrer ließen aber, während die Tanks entladen wurden, den Motor laufen. Somit verursachte die Anlieferung ungeheuren Krach, der für die Anwohner sehr belastend war.
Die Beschwerden waren damals mehr als gerechtfertigt.
Aber es gab auch andere Betriebe im Ort. Einfache Handwerker, zwei Schmiede, zwei Stellmacher (Wagner) und einen Schneider. Die Betriebe beschäftigten Lehrlinge und gelegentlich auch einen Gesellen.
Die meisten Landwirtschaftsbetriebe wurden in der Winterzeit im Nebenerwerb betrieben. Denn in der kalten Jahreszeit gingen viele Bauern zum Holz einschlagen.
Andere verwalteten Post oder Bank. Auch saisonale Arbeiten fielen an, wenn für den Fürsten Bäume geschlagen werden mussten oder Anpflanzungen durchzuführen waren.
Mit der Industrialisierung sind junge Leute, meist Männer in die Städte abgewandert, um dort Arbeit zu finden.

Der Großteil ist jedoch vor Ort geblieben und hat versucht in der Umgebung eine Arbeit zu finden.
Neben dem Stück Land, das viele besaßen und bebaut haben, spielten die Gärten auch eine wichtige Rolle.
Zum Beispiel entlang der Birsteiner Straße, wo sehr viele ein kleines Stück bearbeiteten und so für die Versorgung der Familie einen großen Beitrag leisteten. Elektrizitäts- und Wasserleitungen wurden bereits in den 20er und 30er Jahren installiert. Erst in den 80er Jahren wurden richtige Kläranlagen gebaut. Vorher wurde das Abwasser in die Sickergruben und in den Reichenbach eingeleitet.

Eine geregelte Müllabfuhr hat es dagegen erst sehr spät, nach der Eingemeindung nach Birstein, gegeben. Früher gab es einen Platz, etwas außerhalb des Ortes, wo Müll entsorgt wurde. Jedoch keine Plastik- oder Verpackungsmaterialien. Heute bezeichnen wir dies mit Biomüll.
Eine regelrechte Judenverfolgung hat es während der Nazizeit in Unterreichenbach nicht gegeben. Während der Reichspogromnacht blieb alles ruhig, wie überall im Vogelsberg. Die wenigen jüdischen Familien, die es gab, sind nach und nach aus Unterreichenbach weggegangen.
In Birstein dagegen gab es recht viele Juden, die auch eine eigene Schule besaßen und einen Friedhof, der heute noch erhalten ist.

Die meisten erwachsenen Männer in Unterreichenbach waren zwar Parteimitglieder, aber die waren nicht fanatisch.
Die Menschen, die hier lebten, waren im Durchschnitt als arm zu bezeichnen, und die sozialen Unterschiede waren nicht so groß, dass sie schwere Spannungen hervorgerufen hätten.
Die Katholiken waren in der Mehrheit und eher im Blick als die jüdischen Bürger.

Das hatte aber nicht mit dazu beigetragen, dass unsere Familie, wenigstens wir Kinder, zum evangelischen Glauben wechselten.

Zu der Zeit besaß Unterreichenbach unterhalb vom Äppelberg einen Segelflugplatz, der in den 40er Jahren militärisch zur Ausbildung von Piloten genutzt wurde.
Als sich 1946 die ersten Flüchtlinge einfanden, gab es ungefähr 300 Einwohner im Dorf. Durch die Flüchtlinge und Ausgebombten aus dem Frankfurter und Hanauer Bereich, schwoll die Einwohnerzahl vorübergehend auf 600 an. Das war so zwischen 1948 und 1950.

Fast in jedem Haus waren Flüchtlinge untergebracht.
Zum Beispiel bekam eine mehrköpfige Familie noch weitere Mitbewohner in gleicher Personenstärke dazu.
Ab 1951 hat dann wieder die Abwanderung begonnen. Viele Flüchtlinge sind damals nach Rüsselsheim gezogen, weil sie bei OPEL eine Beschäftigung fanden. Auch die in Frankfurt Ausgebombten konnten wieder nach Frankfurt zurückkehren.

Die wenigen Flüchtlinge, die geblieben waren, wurden durch Heirat ansässig oder fühlten sich wohl im Ort. Für einige war es etwas problematisch, da sie fast alle katholischen Glaubens waren.
Von den französischen Kriegsgefangenen ist auch keiner geblieben, aber ein paar deutsche Soldaten haben sich durch Heirat mit Einheimischen hier festgesetzt.
Trotzdem schrumpfte die Einwohnerzahl dann fast wieder auf den alten Stand zurück.

Über die Unterkunft der Kriegsgefangenen existiert ein Foto, das das alte Rathaus zeigt, in dem die Franzosen im Gewölbekeller untergebracht waren.
Heinrich Gerhardt erzählte mir mal, dass für die etwa vierzig Gefangenen Pritschen gebaut und dafür zehn Pfennig die Nacht gezahlt wurden.

Ich frage mich nur, wie das mit den sanitären Anlagen während der Nacht geregelt war. Tagsüber waren die Franzosen ja bei den Bauern in den Dörfern.

*Das 1728 erbaute Haus war einmal das Gerichtsgebäude des damaligen Gerichts Reichenbach.
Später diente es als Rathaus.
In der Mitte vor dem Hauseingang steht Frau Gerhardt, rechts von ihr die Frau eines Wachsoldaten, die mit den Kindern zu Besuch kam.*

(Foto entnommen aus dem „Birsteiner Heimatalbum" von 1991, Geiger-Verlag)

Durch die Neubauten hat sich der Ort stark vergrößert, hat wieder eine beachtliche Einwohnerzahl erreicht, und grenzt heute direkt an Birstein.
Bis in die 60er Jahre war Unterreichenbach ein selbstständiges Dorf, das von einem eigenen Bürger-meister, dem Gemeindevorstand und der Gemeinde-vertretung regiert wurde.

Mit der Eingemeindung nach Birstein hatten die Unterreichenbacher kein Problem, denn viele hatten ihren Arbeitsplatz in Birstein. Der größte Arbeitgeber war damals das Fürstenhaus. Da gab es eine Schreinerei und ein Sägewerk, wo vor allem Fensterrahmen hergestellt wurden. Nachdem der Betrieb Not leidend wurde, stellte er die Arbeit ein und die Beschäftigten wurden entlassen.

Noch nach dem Krieg waren die meisten Straßen nicht asphaltiert. Es waren Steinstraßen mit einer Schicht aus Sandmehl. Die Asphaltierung aller Straßen begann im Laufe der 50er und 60er Jahre.

Vor und auch kurz nach dem Krieg gab es im Ort zwei Gemischtwarenläden und zwei Wirtschaften, in denen man richtig gut bürgerlich essen konnte.
Da trafen sich die Bürger beim „Hamersch", die Gaststätte „Zum Grünen Baum" und im „Isenburger Hof". Später in der neuen Siedlung, in den 50er Jahren, gab es noch eine Wirtschaft „Schadt".

Die Post wurde nach 1945 von Bürgermeister Schleich verwaltet. Die Bank, eine Raiffeisenkasse (die erste ihrer Art im Vogelsberg), wurde vorläufig von einer Familie betrieben.
Die notwendigen Kenntnisse, für die Ausübung des Bankengeschäftes, erwarben sich die Leute bei Schulungskursen in Kassel. Man nannte sie die „Rechner".
Als die Bankgeschäfte sich so ausgeweitet hatten, dass man sie in so einem kleinen Dorf wie Unterreichenbach

in einem Privathaus nicht mehr unterbringen und führen konnte, wurde eine Filiale in Birstein eröffnet.

Ansonsten war Unterreichenbach ziemlich arm an öffentlichen Einrichtungen. Erst 1966 wurde das Dorfgemeinschaftshaus errichtet. Damals war die Einweihung die erste Amtshandlung des neu gegründeten Landfrauenvereins.
Ein Gebäude für die Bürger, wo sie Veranstaltungen durchführen konnten. Es gehörte zu den ersten Häusern der Art im Vogelsberg.
Besonders waren die vom Land Hessen bezuschussten Gefrierfächer für die Bürger im Dorf, die im Kellergeschoss eingerichtet wurden. Dazu kam oft noch ein Schlachthaus. Ein großer Fortschritt.

Die Unterreichenbacher Schule platzte nach dem Krieg, durch die vielen Flüchtlinge, aus allen Nähten und wurde in den 50er Jahren von der Georg-Spohr-Straße in ein neues Haus, in die so genannte Schulstraße, verlegt.
In der neuen Schule gab es zwei Klassenräume, eine Bühne und die Lehrerwohnung im Dachgeschoss.
Im unteren Gebäude befand sich die Zweigstelle der Berufsschule Gelnhausen für ländliche Mädchen und Jungs, mit großem Schulgarten.
Später wurde ein separates Wohnhaus für zwei Lehrer auf dem Gelände errichtet.
Damals gab es dort noch keine Siedlung und die neue Schule stand ganz allein auf freiem Feld.
Nach der Eingemeindung des Ortes nach Birstein, wurde in den 60er Jahren eine Mittelpunktschule errichtet. Die Zwergschule in Unterreichenbach wurde geschlossen.

Der Start im Vogelsberg

Der Start in Unterreichenbach war für meine Eltern nicht einfach und vieles musste nach und nach erreicht werden. Da wir eine schnell wachsende Familie waren, machte das die Sache nicht einfacher. Wir wohnten zur Miete, da wir für ein eigenes Haus nicht die Mittel besaßen.
Die Wohnung bestand aus einer großen Wohnküche und zwei Schlafzimmern. Es gab kein Bad, die Toilette lag überm Hof.
Die Ehe meiner Eltern war als partnerschaftlich zu bezeichnen, trotz des Altersunterschiedes von zehn Jahren. Aber meistens hatte Vater das letzte Wort und bestimmte wie es zu laufen hatte. Über Haushalt und Geld bestimmte allerdings die Mutter und der Vater mischte sich da nicht ein.

Meine Mutter, die aus einer wohlhabenden Allgäuer Bauernfamilie stammte war das jüngste von vierzehn Kindern. Ihre Mutter starb schon als sie erst vier Jahre alt war. Ihre älteren Geschwister haben sie praktisch groß gezogen. Als der Vater dann wieder heiratete und eine Stiefmutter ins Haus kam, wollte sie nicht mehr zu Hause bleiben und ging in Stellung.
Sie liebte schöne Dinge und hat sich eine ansehnliche Aussteuer erarbeitet.
Gerade diese Arbeit meiner Mutter ist mir wichtig zu erwähnen, denn damit hatte sie mir einiges fürs Leben mitgegeben.
Sie war also seit ihrem 18. Lebensjahr auf verschiedenen Gütern in Stellung. Zuletzt auf Gut Schönhof, westlich von Frankfurt/M., was nur deshalb erwähnenswert ist, weil sie in der Zeit ihren Mann, meinen Vater, in Frankfurt kennen lernte.
Von ihrem geringen Gehalt schaffte sie es, sich eine tolle Aussteuer zusammen zu sparen.

Sie fand Näherinnen, die Ihr Weißzeug verarbeiteten. So entstanden damals Bett- und Tischwäsche mit Monogramm, auch Handtücher und sogar Staubtücher.

Zwei Steppdecken mit Daunenfüllung und die dazu gehörigen Überschlagtücher mit Spitze und Kissen dazu. In einer Leinenspinnerei aus Ravensburg wurden die Damaste und Leinenstoffe vorgefertigt. Die Spitzen zum Einarbeiten und Besetzen kamen aus Annaberg im Erzgebirge.

Einen Teil der Wäsche von damals stelle ich gelegentlich bei Veranstaltungen aus, wenn es sich um die Zeit zwischen 1900 und 1935 dreht.

In Handarbeit stellte meine Mutter, über zwei Winterzeiten hinweg, ein Leinentafeltuch in „Hardanger" Stickerei her.
Das bekam ich später und halte es in Ehren.

Es passt ganz prima auf meinen Eßzimmertisch, auf dem ich ab und an mit bunten Sammeltassen den Kaffeetisch eindecke.
So kamen meine Eltern mit Daunendecken, Leinentischtüchern, wertvollem Geschirr (ein 12-teiliges Kaffeeservice blau/weiß) sowie Silberbesteck, darunter sogar Kuchengabeln, nach Unterreichenbach. Ein dort bis dahin unbekannter Luxus.

Ich erinnere mich an unsere Nachbarin Anna Kaltenschnee, die mir mal sagte:
„Ich besuchte deine Mutter immer so gern am Wochenbett, hatte sie doch diese schöne Schlafstube mit der schönen Bettwäsche und dazu noch das passende Stillnachthemd!"

LEINENSPINNEREI SCHORNREUTE A.-G.

Telegramm-Adresse: Spinnerei Schornreute, Ravensburg
Fernsprecher: Amt Ravensburg Nummer 2049
Bankverbindung: Gewerbebank Ulm, Filiale Ravensburg
Kreissparkasse Ravensburg Konto 977
Reichsbank-Giro-Konto Ravensburg
Postscheckkonto: Amt Stuttgart Nummer 15364

RAVENSBURG (WÜRTT.)

den 10 MRZ 1939 193

RECHNUNG Com.4176/

FÜR HERRN Fräulein Betty Vötter, Gut Schönhof

Frankfurt a.M.-West

Erfüllungsort ist Ravensburg. Zahlbar innerhalb Tagen mit 3% Skonto oder Tage rein netto dato Faktura.

S. R. Nr.	Wir lieferten für Ihre Rechnung u. Gefahr auf Grund uns. Verkaufsbedingungen	Preis	RM
	auf Ihrer Bestellung m.Brief v.9.1.39 per Express franko Nachnahme		
1.	Paket enth.: Verp.		-.30
15,-	mtr. Damast 6/25, 130 cm brt.	2.85	42.75
	f. 4 Bezüge Gr.130/180 cm	-.40	1.60
	f. 4 x 18 = 72 Masch.Knopflöcher	-.02	1.44
7,5	mtr. Damast 6/18, 130 cm brt.	1.75	13.13
	f. 2 Bezüge Gr.130/180 cm	-.40	-.80
	f. 2 x 18 = 36 Masch.Knopflöcher	-.02	-.72
7,5	mtr. Damast 6/84, 130 cm brt.	1.52	11.40
	f. 2 Bezüge Gr.130/180 cm	-.40	-.80
	f. 2 x 18 = 36 Masch.-nopflöcher	-.02	-.72
15,1	mtr. Halbleinen 16/2/83, 160 cm brt.	3.60	54.35
	f. 4 Kissen 80/80 cm m.St.115	1.45	5.80
	f. 4 x 14 = 56 Masch..knopflöcher	-.02	1.12
	f. 4 Oberleintücher Gr.150/250 cm		
	m.Stick. 115	1.60	
	f. 4 x 30 = 120 Masch.Knopflöcher	-.02	2.40
	f. 16 Masch.Monogramm L.L., H.B. & B.V.		5.56
6	Stck.Handtücher 15/1/1	-.61	3.66
		R.M.	152.50
	Betrag durch Nachnahme erhoben. Wir danken für Ihren frdl.Auftrag und bitten auch fernerhin um Ihr gütiges Wohlwollen Heil Hitler! D.O.		

Martha Schwarz, Annaberg, Erzgeb.
Spezialhaus für Spitzen.

Postscheck-Konto 11012 Leipzig. — Gemeinde-Giro-Konto Nr. 207.

Annaberg, Erzgeb., den 8. September 1938
Postfach 207.

Rechnung

für **Fr. Betty Vötter Frankfurt=Main**

2474/130 cm	2 Stck	5.50	11.—
" ☐	2 "	5.90	11.80
2744	6 m	1.48	8.88
6032	3 "	96	2.88
2798	3 "	98	2.94
2797	1 "		—.92
2890	5 "	23	1.15
2888	5 "	16	—.80
		M	40.37
	10 o/o	"	4.04
		M	36.33

Durch Nachnahme dankend erhalten.

Martha Schwarz

Ich danke bestens für Ihren Auftrag und hoffe
daß Alles Ihren Beifall findet.
  Mit deutschem Gruß
    D.O.

Zwei Rechnungen über Lieferungen an Betty Vötter

Bomben, Gefangenschaft und Schokolade

Krieg – eine Vokabel, die ich aber erst 1944 richtig wahrgenommen habe. Vorher hatten wir Kinder in Unterreichenbach für die deutschen Soldaten eine „ehrenvolle Aufgabe" zu erfüllen.
Wir trafen uns beim Bürgermeisteramt und gingen dann mit Erwachsenen in die Felder, um Brennnesseln und Brombeerblätter zu pflücken, die den Soldaten getrocknet und sauber verpackt an die Front geschickt wurden. Die konnten dann daraus ihren Tee brühen.

Aber dann wurde es auch für uns in Unterreichenbach ernst. In starker Erinnerung ist mir das Datum 12. März 1945 geblieben. Bomben auf Hanau. Sieben Tage danach ein schwerer Angriff – blutroter Himmel, Donner und „Christbäume", die aber wenig mit Weihnachten zu tun hatten.
Von einem erhöhten Platz aus konnten wir Kinder die Bomben fallen sehen, die Hanau zerstörten. Allerdings mussten auch wir bei Bombenalarm in den Keller, aber der hätte uns im Ernstfall wohl kaum geschützt.
Mein Vater hatte hinter dem Zaun im Garten einen Graben angelegt, in den wir Kinder uns werfen mussten, wenn Tiefflieger im Anflug waren.
Bei Fliegerangriffen wurde komplett verdunkelt und wir saßen alle im Keller.

In unserer Region hatten sich zum Kriegsende viele deutsche Soldaten in den Wäldern versteckt, was natürlich auch den Amerikanern bekannt war.

Das machte unsere Region zu einem direkten Kampfgebiet, denn auf dem Noll hatten sich ein paar ganz junge Soldaten verschanzt und wollten die Amerikaner noch angreifen.

Bei den Schusswechseln geriet auch unser Haus in die Schusslinie, es zischten Splitter umher, von denen einige durch unser Fenster ins Zimmer flogen. Der Beschuss des Hauses war aber sicher nur versehentlich passiert, denn danach war sofort Ruhe.

Bei den Auseinandersetzungen verloren zwei von den deutschen Soldaten ihr Leben. Die beiden Toten haben noch lange auf unserem Friedhof gelegen.
Ich erinnere mich noch gut daran, dass wir später mit unserem Lehrer am Volkstrauertag immer dort hingingen und „Ich hatte einen Kameraden" gesungen haben.

Es kam die Zeit, in der die Amerikaner in der Region Einzug hielten. Als Zeichen der Unterwürfigkeit hängten die Bewohner weiße Bettlaken aus den Fenstern.
Eine SS-Einheit, die am Weiherhof stationiert war, griff die anrückenden Amerikaner auf der Platte am 1. April 1945 an und wurde aufgerieben.

Später wurde dort ein Soldatenfriedhof von den Bewohnern der umliegenden Dörfer errichtet. Sie stellten Holzkreuze auf mit den Namen der Toten. Die wussten sie von den Marken, die jeder Soldat in der Tasche hatte oder um den Hals trug.
Erinnerungen habe ich auch daran, wie die Amerikaner die Häuser stürmten.
Meine Mutter versteckte sogar unseren Fotoapparat im Kinderkorb und mein Vater musste seine Armbanduhr abgeben.
Noch vor Kriegsende geriet mein Vater vorübergehend in Kriegsgefangenschaft und wurde nach Bad Kreuznach gebracht. Am 1. Mai 1945 erhielten wir von ihm einen Brief, in dem er seine Adresse angab.
Meine Mutter und ich konnten ihn dort besuchen, durften ihn aber nur durch den Zaun hindurch sprechen. Die Gefangenen hatten praktisch nichts zu essen. Das machte mich ziemlich traurig.

Mit noch ein paar Männern aus der Umgebung ist mein Vater dann geflohen. Sie mussten sich in den Scheunen bei uns verstecken und unbedingt ihre Uniformen loswerden. Ich sehe mich noch heute, wie ich seine volle Montur samt Koppel in einen Sack gesteckt und zum Bürgermeister Heinrich Jai gebracht habe. Der Sack war für mich sehr schwer und das Koppel hat immer geklappert.

Immer hatte ich Angst, dass mich einer anhält und fragt, was ich da so schweres transportiere. Ich bin mit dem Sack an den zerschossenen Panzern vorbei, die noch lange herumstanden. Wir Kinder haben darin herumgeturnt, ohne darüber nachzudenken, was für ein Gefährt uns da so viel Spaß brachte. Ich war noch keine sieben Jahre alt.

Der Alltag begann die Familien wieder zu fesseln und man musste sehen, wie man zurecht kommt und alles meistert. Da waren die Frauen gefordert, das war mir nicht verborgen geblieben, denn ich war mit eingebunden.
In unserem Haus wohnten zwei US-Offiziere und belegten eines der Zimmer. Mutter wusch ihre Wäsche und bekam dafür starken Kaffee, den sie aber nicht vertrug.
Es war Pulverkaffee, den wir so nicht kannten. Uns Kindern schenkten sie Schokolade und Kaugummi. Was für ein Erlebnis.
Ein anderes Erlebnis war, als wir die ersten schwarzen Männer sahen. Nach einer Weile mussten wir als Kinder feststellen, dass es eigentlich ganz normale Menschen waren.
Der „Isenburger Hof" wurde ebenfalls von den Amerikanern besetzt. In dem zur Küche umgebauten Saal kochten die dann ihre Speisen. Die frischen Zutaten besorgten sie sich in der Molkerei: Milch, Quark, Sahne, Butter und Käse.
Wir Kinder sind in Grüppchen hingegangen und drückten uns die Nasen an den Fenstern platt. Von dem tief-

schwarzen Koch bekamen wir dann frischen Quarkkuchen durchs Fenster gereicht, mit einem Belag, so dick, wie wir ihn noch nie gesehen hatten. Und geschmeckt hat der Kuchen ...

Schulzeit

Meine Schulzeit begann für mich erst im Herbst 1945, als der Krieg bereits Vergangenheit war. Der Einschulungstag ist mir gut in Erinnerung. Mein Vater bastelte eine Schultüte aus alten Tapeten. Stolz bin ich am ersten Tag in die einklassige Volksschule von Unterreichenbach gegangen. Aufgenommen wurden wir Schüler von unserem Lehrer Edmund Spohr.
Die größeren Kinder führten uns kleineren Kindern die Hand, um uns die Buchstaben beizubringen.
Bei Stillbeschäftigung kümmerte sich der Lehrer um die vier höheren Schulklassen.
Wenn das nicht immer diszipliniert zugegangen wäre, hätte der Lehrer einen Herzinfarkt bekommen und wir Kinder hätten nichts gelernt.
So aber konnten wir bei den älteren Schülern zuschauen, wenn die unterrichtet wurden. Manchmal hörten wir gut zu, wie sie tolle Gedichte gelesen und gelernt haben. Dann haben wir einfach mitgelernt und konnten dann am nächsten Tag damit punkten. Das war so natürlich super.
Was ich da noch nicht wissen konnte war, dass mein späterer Mann, zwei Jahre älter als ich, bei den Größeren saß, denen wir über die Schulter schauten.

Lehrer Spohr hatte deutlich die Solidarität unter den Kindern gestärkt, indem er die Größeren in den Unterricht für die Jüngeren einbezog.
Davon konnten dann nicht nur die Kleinen profitieren, sondern auch die Älteren, weil sie den Schulstoff erklären

mussten, ihn damit besser beherrschen lernten und dabei ihr Selbstbewusstsein stärkten.

Die Klassen waren sehr groß und ein Lehrer musste sich schon einiges einfallen lassen um die Kinder alle, trotz des unterschiedlichen Alters, zu beschäftigen.

Demütigende Strafen wie: in die Ecke stellen, und sogar Prügel mit dem Rohrstock, waren erlaubt.

Mein späterer Mann, Heinrich Kneip, wurde zusammen mit zwei anderen Jungs in den „Noll" geschickt, um für den Lehrer neue Stöcke zu holen. Die sind dann aber zerbrochen, wenn Spohr sie benutzte, weil sie eingeritzt wurden.

Hier muss ich auf Geschichten aus der Zeit zurückgreifen, die mein Mann Heinrich aufgeschrieben und damit Erinnerungen an seine eigene Schulzeit abgerufen hat:

...... *„wurden die Hausaufgaben meistens von meinen beiden Schwestern überwacht und kontrolliert. Es kam auch schon mal vor, dass unser einziger beheizter Raum im Haus (die große Wohnküche) mit anderen Arbeiten belegt war, dann mussten die Hausaufgaben im warmen Kuhstall auf dem Melkschemel erledigt werden.*

Das war nur wenig besser, als die Holzbänke, übliches Mobiliar in der Schule, die eine Vertiefung für das Tintenfass hatten.

Unsere Utensilien für die ABC-Schützen waren Schiefertafeln, Griffelkasten und zwei Griffel, ein kleines Schwämmchen zur Reinigung der Tafel, sowie ein kleines Stoffläppchen zum Trocknen der Selben.

Zu den Erntezeiten waren Hausaufgaben eher Nebensache, was auch die Lehrer so sahen und erst gar keine aufgegeben hatten. Nach Schulschluss ging es nach einer kurzen Essenspause zu Fuß aufs Feld zu Vater und Opa, die schon seit dem frühen Morgen dort gearbeitet hatten.

In der rechten Hand die große Kanne mit warmem Kaffee, in der Linken den Korb mit Essen. Nach der Strecke von etwa drei bis vier Kilometern wurden die Arme auf den letzten Metern immer länger.
Schulferien – was ist das? In diesen Zeiten wurden wir fest als Arbeitskräfte eingeplant. Im Frühjahr für die Saat, im Sommer zur Heuernte, im Herbst für Kartoffel-, Getreide- und Rübenernte.

Kühe hüten war von Frühjahr bis Herbst angesagt.
Da sich beim Hüten die Jungs aus dem Dorf fast alle einfanden, wurden Streiche ausgeheckt. Aber das muss gesagt werden, die Streiche waren nie gefährlich.
Blöd und manchmal nicht ungefährlich waren die Zeiten, in denen Lehrer mit anwesend waren. Mit einem Lehrer mussten wir immer zum Fürstlichen Gut Entenfang, um zwischen dem Getreide das Unkraut mit den Händen auszurupfen.
Während des letzten Schuljahres wurden wir älteren Schüler von Lehrer Herchenröther, täglich manchmal zwei- bis dreimal als Aufsicht in den unteren Klassen eingesetzt.
Der Herr Lehrer musste nämlich bei einem Lebensmittelladen (Hamersch Marche), ganz dringend „telefonieren". Dafür wurden im Schnitt so etwa drei Schnäpse benötigt, um eine geschmeidige Stimme zu bekommen. Aber wir Schüler haben es überlebt ...."

Ich hatte in den Jahren meiner Schulzeit natürlich genug Erlebnisse, die sich im negativen wie auch im positiven Sinne darstellen lassen.

Schon als kleines Mädchen bin ich öfter verreist, nämlich zu Verwandten im Westerwald. Einmal war es sogar ein halbes Jahr, das ich bei meiner Tante verbringen durfte. Ich ging dort sogar in die Schule. Ich wurde von der Tante sehr verwöhnt.

Einmal waren wir nach Frankfurt gefahren, wo sie mir Stoff für einen Mantel kaufte. Die Schneiderin im Ort nähte mir dann den Mantel. Als der dann fertig war, fuhren wir noch einmal nach Frankfurt, um dafür ein passendes Hütchen zu kaufen. Das sah allerdings aus wie ein Tropenhelm.
Als ich dann wieder zurück in Unterreichenbach war, wurde ich zum Gespött der Kinder, aber da ich sehr selbstbewusst war, hatte mir das nichts ausgemacht.
Den Hut habe ich aber dann nicht mehr getragen, außer an Fasching.
Was ich nicht so kennen lernte, war der Weiler in Katzbrui/Allgäu, wo das Elternhaus und der Bauernhof meiner Mutter standen, sowie eine Mühle.

Das Elternhaus und der Hof in Katzbrui/Allgäu, in dem meine Mutter aufwuchs

Das konnte ich 1952 nachholen, als ich mit meiner Mutter ins Kino nach Birstein ging. Wir schauten uns den Märchenfilm „Hans im Glück" an.

1950 wurde der dort in der Mühle gedreht. Und da sahen wir Getreidesäcke in der Mühle stehen, auf denen der Name meines Opas stand: Stefan Vötter.
Dieser Film war ein großartiges Erlebnis für mich.

In den ersten Jahren spielten die Kindergruppen im Ort eine wichtige Rolle.
Es waren meist gemischte Gruppen, Jungen und Mädchen, die sich eigentlich immer gut verstanden. Wir wuchsen zusammen auf und trafen uns nicht nur in der Schule, sondern auf der Straße und in Wald und Feld - damals ging das noch -, Spiele gab es genug, außer den spezifischen Mädchen- oder Jungenspielen.

Eine Abgrenzung nach Geschlechtern gab es bei den Kindergruppen kaum, nur mit den gleichaltrigen Klassenkameraden gab es Probleme. Wir vier Freundinnen freundeten uns außerhalb der Klasse mit etwas älteren Jungen aus Obersotzbach an.
Da waren unsere Jungs aus dem gleichen Jahrgang und der Klasse dann böse auf uns.

Einmal sagte Reinhold G., der mit uns in die Klasse ging: „Wenn ihr nächstes Jahr konfirmiert werdet, dann könnt ihr mit dem Ganter von Bauer Grösch durchs Dorf gehen."
Ganz schrecklich - mit dem Ganter vom Grösch durchs Dorf ziehen.
Es war nämlich Brauch, dass die Konfirmanden gemeinsam bei den anderen vorbei schauten. Und da wollten die Jungs uns nicht begleiten. Aber als es dann soweit war, sind wir doch zusammen durchs Dorf gezogen.
Trotz gelegentlicher Streitigkeiten, gab es doch einen großen Zusammenhalt unter uns allen.
Im Herbst haben wir zum Beispiel zusammen Kartoffelfeuer angezündet und gespielt. Die Älteren gaben den Ton an, eine scharfe Trennung zwischen den Mädchen und Jungen gab es nicht.

Im Großen und Ganzen haben wir Kinder uns gut verstanden und wenn es mal zu kleinen Schlägereien kam, dann eher wir Mädchen untereinander, mit den Jungs nie.

Mein 10. Geburtstag in Unterreichenbach.
Mit meinen damaligen Freundinnen bin ich noch heute eng befreundet und wir unternehmen viel zusammen. Ich erinnere mich deshalb auch noch genau an ihre Namen.
Von links: Hedwig, Helene, Erna, ich selbst, Helga und Inge.

Wenn es um Erlebnisse geht, bleiben meist die erhalten, die besonders weh getan haben oder solche, die anderen weh taten und man selbst verschont blieb.
Ich erinnere mich sehr gern an die Winterzeit, die viele Aktivitäten im Dorf lähmten, in der aber Kinder besonders aktiv wurden. So auch bei uns in Unter-reichenbach.

„Boo frei!"

„Die Fenster waren am Morgen mit Eisblumen belegt. Erst nachdem der Herd in der Küche angeheizt wurde, tauten die Eisblumen ab.
Vorher aber hauchten wir Kinder Löcher in die Eishaut, um sehen zu können, wie es draußen ausschaut.
Den ganzen Tag wurde der Schlitten bewegt, gerade in der Ferienzeit. Wer eine lange Schlittenfahrt ohne Zusammenstoß erleben wollte, rief laut in die Winterlandschaft: „Boo frei!"
Oberhalb des Dorfes ging es vom Wasserhäuschen hinunter zum Dalles. An anderer Stelle ging es über Eisflächen runter zum Reichenbach, wo mancher drin landete.
Wir trugen gestrickte Strümpfe, Röcke und Strickjacken, sowie gestrickte Handschuhe. Die nassen Schuhe wurden mit Zeitungspapier ausgestopft und am Ofen getrocknet. Die Füße wurden an der Ofenbank gewärmt oder an einem heißen Backstein. Das dauerte. Mancher hielt es nicht aus und zog die noch feuchten Schuhe wieder an.
Heute sind Kinder in dicke und wasserfeste Anzüge gesteckt, haben Thermounterwäsche an und Handschuhe, die auch nach drei Tagen noch nicht richtig nass sind.
Das kannten wir alles nicht, aber der Spaß ist heute wie damals der gleiche.
Früher waren die Kinder weniger empfindlich und mehr abgehärtet.
Es gab sogar Skifahrer. Die Skier fertigte der Vater in seiner Werkstatt selbst. Ging ein Ski zu Bruch, wurde ein neuer angefertigt. Ganz mutige Buben bauten sich sogar eine Sprungschanze.
Schlittschuhe? Wenn jemand welche besaß, wurden die unter die normalen Schuhe gebunden und ab ging's auf die vereisten Wiesen.
Wie auch immer, kehrten die „Sportasse" erst bei Anbruch der Dämmerung wieder nach Hause zurück. Und dann hungrig und durchnässt."

Im Alltag haben die Erwachsenen keine großen Unterschiede zwischen Jungen und Mädchen gemacht. Der „Stammhalter" war zwar immer noch das bevorzugte Kind, besonders als Erstgeborener, aber unter den Geschwistern spielte das dann doch nicht so eine gravierende Rolle.

Alle Kinder wurden früh an die harte Arbeit gewöhnt, schon die Vorschulkinder gingen mit aufs Feld, bekamen kleine bemalte Holzrechen für die Heuernte in die Hand gedrückt und durften helfen.

Ich kann mich nicht erinnern, dass eines der Kinder daran schlechte Erinnerungen hat. Sie beschreiben ihren Einsatz in den frühen Jahren als eine Mischung aus Spiel und Mitmachen. Später war es dann selbstverständlich, dass sich keiner beklagte, auch wenn die Arbeit schon mal hart war.

Gern erinnern sie sich an die gemeinsamen Mahlzeiten, wo oft auch die Verwandten und Nachbarn mit dabei waren.

Manche Kinder, die nicht auf einem Bauernhof groß wurden, beteiligten sich gern an der Feldarbeit oder halfen bei anderen wichtigen Arbeiten am Hof. Spaß hat es gemacht, weil es überhaupt keinen Druck gab.

Natürlich wurden sie dann beim Essen nicht ausgeschlossen, und nicht selten brachten sie etwas mit nach Hause.

Generell kann über die Schulzeit gesagt werden, dass nicht nur unsere „Dorfschulmeister" hervorragende Pädagogen waren, sondern auch die anderen Erwachsenen.

So wurde in den Gemeinden eine Jugend herangebildet, die später nicht nur Zuhause ihren Aufgaben gewachsen war, sondern sich auch später überall in der Welt behaupten konnte.

Brot auf dem Schlitten und ein Gürtel mit Herzchen

Während der Schulzeit gab es natürlich auch noch ganz andere Dinge, die sich in meiner Erinnerung beleben lassen.
Und das hat wieder mit dem Krieg zu tun, dessen Fäden bis heute nicht durchtrennt werden konnten. Was wir als Kinder damals alles erlebten, davon können sich die jungen Leute unserer heutigen Zeit kaum Vorstellungen machen.
Einerseits ist es gut so, weil diese Erlebnisse nicht jeder gut verkraften kann, auf der anderen Seite wäre es wünschenswert, manche Erfahrungen als Beispiel für Not und Enthaltung zu betrachten, die zu meistern sind.
Damit wenigstens nicht alles in Vergessenheit gerät, sollte die älteste Generation ihre Erlebnisse und Erfahrungen deutlich machen, und damit den jungen Leuten Anstöße zum Nachdenken liefern.

Während des Krieges und auch in der Nachkriegszeit bestimmten Zwänge und Einschränkungen das Leben.
Es waren mitunter Dinge, die heute kaum zu begreifen sind. Trotzdem sollten sie erzählt und nicht vergessen werden.
Wir waren fünf Kinder zuhause, und ich war die Älteste. Wir hatten, im Gegensatz zu allen anderen, im Ort keine Verwandten, die auf die Kinderschar aufpassen konnten, wenn die Eltern mal keine Zeit hatten. Dann musste ich die jüngeren Geschwister beaufsichtigen und ruhig halten.
Das gelang mir nicht immer, und die Oma unserer Vermieter beschwerte sich. Dann bekam ich Ärger mit den Eltern, manchmal auch Schläge.
Einmal bekam ich aus einem Kleid meiner Mutter ein neues Kleid geschneidert, das ich sofort beim Spielen draußen zerriss – versehentlich. Für dieses Vergehen bekam ich von meinem Vater eine richtige Tracht Prügel,

obwohl in meinem Elternhaus das Schlagen nicht häufig als Erziehungsmittel eingesetzt wurde.
Die Strenge meiner sonst eher liberal denkenden und erziehenden Eltern erklärt sich nur mit der Not und den kleinen Dingen, die einen unermesslichen Wert besaßen, wenn man sie überhaupt hatte.

Eine andere Geschichte, die mir als wesentlich dramatischer in Erinnerung ist, ereignete sich im Zusammenhang mit Lebensmitteln.
In Unterreichenbach gab es nur einen Laden. Die Bauern brachten ihre Eier, um sie gegen Bohnenkaffee einzutauschen, denn Sonntag ohne Kaffee – undenkbar. Wenn sie allerdings Kaffee kaufen mussten, reichte das Geld oft nur für ein Achtel. Und dann reichte es auch kaum zum Sonntagskaffee. Zusätzlich konnten sie in dem Laden auch Petroleum, Gewürze und Heringe bekommen.

Öfter musste ich nach Birstein einkaufen gehen, denn dort gab es schon mehr Geschäfte. Zum Beispiel die Metzgerei Mohr am Schloss, verschiedene Lebens-mittel beim „Kalli" (Karl) Schien oder Brot beim Bäcker Kautz.
Es war im Winter, und auf meinem Schlitten transportierte ich drei Laibe Brot. Bei eisigem Wetter und Glätte war mir das Brot ständig vom Schlitten gerutscht. Es landete im Schnee, aber irgendwie schaffte ich es dann doch nach Hause.
Es war anstrengend und auch aufregend, denn mit durchweichtem oder schmutzigem Brot ankommen, das wäre fatal gewesen.
Die Lebensmittelkarten, an die ich mich ebenfalls gut erinnere, waren ein anderer Aufreger. Ich musste damit zum Metzger Mohr nach Birstein. Es war Monatsende und die Karten liefen am Monatsende aus, demnach stand der Laden voller Kunden.
Ich stand da, und stand und stand. Eingekeilt zwischen großen Leuten, die sich bedienen ließen. Ich kam einfach nicht zum Zuge.

Zum Glück kam eine Frau aus Unterreichenbach und die fragte mich, was ich überhaupt im Laden mache. Ich sagte ihr, dass ich schon ewig dastehe und nicht dran komme.
Da hat sie mich nach vorne mitgenommen, habe dann meine Sachen bekommen und konnte endlich heim.
An einem anderen Tag habe ich der Versuchung nicht widerstehen können, etwas für mich zu kaufen. Beim Götz gab es modische Gürtel. Einer mit Herzchen hat es mir besonders angetan, und da habe ich diesen Gürtel gekauft. Zu Hause haben sie mich dann gefragt, ob ich sie noch alle beisammen hätte. Ich sollte sofort den Gürtel zurückgeben und die Sachen mitbringen, die auf meinem Einkaufszettel standen.
Das habe ich dann auch geschafft und die Angelegenheit ging für mich glimpflich ab.
Diese Erlebnisse zeigen deutlich, dass es Kinder, ohne Verwandte am Ort, wesentlich schwieriger hatten, als andere, wo immer wenigstens ein Erwachsener zur Verfügung stand. Diese Kinder, wie eben ich, mussten für die Familie und die jüngeren Geschwister Aufgaben übernehmen, die sonst von den Erwachsenen aus der Verwandtschaft erledigt wurden.
Da wurde einem Kind oft große Verantwortung übertragen.

„Hamsterer", Kartoffelkäfer und Carepakete

Ich hatte bereits vorher schon erzählt, dass meine Mutter eine sehr versierte Haushälterin war, die auch mit Handarbeit große Leistungen vollbrachte. Vieles wäre ohne ihre Fertigkeiten nicht möglich gewesen.

Da es keine Kleidung nach dem Kriege zu kaufen gab, wurden alte Sachen und Stoffe umgedreht und gewendet. Bettwäsche, die in großer Menge zur Verfügung stand, wurde zum Nähen von Kleidung verwendet. Sogar Fallschirmstoffe wurden genutzt, die aber sehr hart wurden und daher wenig geeignet waren. Meine Mutter ließ mir in der Zeit ein Kleidchen nähen, das es den amerikanischen Soldaten irgendwie angetan hatte.
Der Stoff war dunkelblau mit ganz vielen weißen Sternchen drauf. Als wir wieder einmal mit dem „Kinderclübchen" zu den Amerikanern unterwegs waren, schnappten sie mich einfach und setzten mich auf einen Jeep.
Nachdem alle Kameras genügend klickten, wurde ich wieder vom Jeep herunter geholt. Sie lachten und scherzten und schenkten mir Schokolade.
Der mögliche Grund dieses Verhaltens ist mir erst sehr viel später bewusst geworden, als ich die amerikanische Flagge gesehen habe.

Als das Kleid mir zu klein wurde, trug es meine Schwester Sieglinde. Auf dem Foto, Seite 47, ist sie damit zu sehen.

In den ersten drei Jahren nach dem Krieg war Knappheit und Hunger eine ständige Begleiterscheinung. Jeder musste irgendwie sehen, dass er etwas ergattern konnte, um zu überleben. Es fehlte fast alles.

*Sitzend von links:
Sieglinde im Sternchenkleid, Volker, Elke und ich – stehend von links: Karl Lohfink und Gerald auf Muttis Arm*

Da waren die Frauen die Helden der Stunde „Null". Die meisten Männer waren entweder zu alt oder noch zu jung, in Gefangenschaft oder im Krieg gefallen. Die Frauen packten an, schafften ein notdürftiges Zuhause für ihre oft alten Eltern und die Kinder und machten allerlei Dinge, die halfen, das Überleben zu sichern.

Es war die Zeit der Feldschütze, die bei ihren Gängen durch Wald und Flur darauf achteten, dass Felddiebstahl nicht stattfand. Dafür war Tauschen und Hamstern eine legitime Art und Strategie.

Viele Städter kamen mit dem Zug von Frankfurt, um auf dem Land Tauschgeschäfte zu tätigen. Wir nannten sie die „Hamsterer".

Bei uns in Unterreichenbach spuckte der „Bimmelzug" die Frauen aus den Städten aus, die dann ausschwärmten, um mitgebrachte Sachen zu tauschen. Dann hieß es bei den Einheimischen: „Die Hamsterer kommen!"
Und dort, wo sich der größte Misthaufen befand, liefen sie zuerst hin, denn das signalisierte so eine Art Wohlstand.
So gelangten Eheringe, anderer Schmuck, Silberbestecke, Porzellan, Tischwäsche und Kleidung, nur um Beispiele zu nennen, an die Bauern auf dem Land.
Die Frauen erhielten dafür Butter, Eier, Kartoffeln, Brot, Schinken und Wurst. Das ging bis zur Währungsreform so. Die Fahrten aufs Land gehörten zur Alltäglichkeit.
Leider muss dazu gesagt werden, dass es einige schlaue Bauern gab, die den in Not befindlichen nicht immer den reellen Gegenwert im Tauschgeschäft gaben.

Manch faules Ei wurde sogar für überhöhten Gegenwert an die Frau gebracht.
Aber vielleicht ist das nur menschlich – dann allerdings sehr verwerflich. Diese Erinnerung habe ich leider nicht tilgen können.
Da ist es fast beschämend, darüber zu berichten, wie sich das mit den ehemaligen Feinden verhielt. Da war das Wort „Care" (sich sorgen, sich kümmern und in dem Wort Carepaket enthalten), eine gelebte Bezeichnung.
Ich erwähnte bereits, wie das mit dem Quarkkuchen war. Eine andere ähnliche Begebenheit erinnert mich an unsere Lehrerin Josefine Winter, deren Mutter für die Schulspeisung sorgte und für Kinder kochte, die nicht aus der Landwirtschaft kamen.
Für diese Schulspeisung lieferten die Amerikaner die Zutaten. Da habe ich das erste Mal große, ich meine wirklich große, Dosen gesehen, in denen sich schon geschälte Kartoffeln befanden.

Weitere Beispiele erspare ich mir, weil mir vielleicht jemand Werbung unterstellen könnte. Aber ich denke, dass diese ehemaligen Kinder und deren Enkel heute darüber nachdenken sollten, wer ihnen ermöglichte, in Freiheit und gut versorgt zu leben.
Bevor sie vernichtende Stellungnahmen über Amerikaner im Allgemeinen abgeben.

Was ich nie vergessen werde ist, dass wir Kinder uns nach der Schule vor dem Bürgermeisteramt sammeln mussten, um in den Feldern gegen die Armada der Kartoffelkäfer zu kämpfen.
Das waren die Sammelaktionen, dem Kartoffelkäfer in der Gemarkung habhaft zu werden und sie von den Blättern abzulesen.
Die waren immer ganz glitschig und wir mussten uns schütteln.

So war's und nicht anders

Schnell ging die Zeit vorbei und ich gehörte bald zu den älteren Schülern, die zu Tätigkeiten herangezogen wurden, die mit Aufsicht und ähnlichen Dingen zu tun hatten.
Aber nicht nur in der Schule waren wir Kinder gefordert, sondern auch ganz stark in der Familie.
Besonders bei den jüngeren Geschwistern.
Bei Problemen in der Schule zum Beispiel, wenn die Eltern keine Zeit hatten, mit dem Lehrer zu reden, war ich gefordert.

Meine jüngere Schwester Sieglinde war ängstlicher als ich und vergaß vor lauter Aufregung manchmal das Gelernte. Dann stellte ich mich vor sie und versicherte dem Lehrer, dass wir gemeinsam gelernt hätten und sie den Stoff genauso gut könne, wie ich selbst. Dann durfte sie es noch einmal probieren, aber manchmal klappte es trotzdem nicht. Mir unerklärlich, denn solche Probleme und Ängste kannte ich nicht.

Als wir nach dem Krieg das alte und baufällige Schulhaus in der Georg-Spohr-Straße räumen mussten, wurde der Unterricht zeitweise im Konfirmandensaal, der neben dem Pfarrhaus angebaut war, abgehalten. Im Winter wurde der Anbau auch für Gottesdienste genutzt. Einmal in der Woche auch zum Konfirmandenunterricht.

1953 wurde die neue Schule in der Schulstraße eingeweiht und wir Kinder haben zu diesem Anlass gesungen und ein Theaterstück vorgeführt. Das hat mir sehr viel Spaß gemacht.

Sonntags waren unsere Eltern mit uns Kindern unterwegs. Wir wanderten durch die freie Natur und lernten Wald, Feld und Wiese kennen.

Spannend war es immer, denn auch andere Kinder aus dem Ort begleiteten uns oft. Da Vater einen Fotoapparat besaß, den viele noch nicht hatten, sind von den Wanderungen viele Bilder entstanden, natürlich auch mit den anderen Kindern drauf. Was mir heute viele Dinge in Erinnerung bringt.

Da wir keine Landwirtschaft hatten und mein Vater bei der Molkerei beschäftigt war, zeigte unsere Mutter, was sie zu leisten imstande war.

Meine Eltern hatten ein Stück Land gepachtet und einen Garten für Gemüse und Obst angelegt.

Auf diese Weise konnte die größer werdende Familie (fünf Kinder) gut über den Krieg und die Nachkriegszeit kommen.

1960 wurde unser Vater von seinem Bruder ausgezahlt. Von dem Geld konnten unsere Eltern dann ein Haus für die Familie bauen.

Lehrjahre

Als die Schulzeit überstanden war, begannen für mich andere Zeiten. Verbunden damit waren Kämpfe, die ich zu meistern und zu bestehen hatte.

Schon während der Schulzeit ermahnten uns die Eltern immer, eifrig zu lernen, um später eine Ausbildung machen zu können. Da waren wir Mädchen in unserer Familie gut beraten.

Gerade in einer Familie, die keinen Besitz zu vererben hatte. In unserer Familie stand es von Anfang an fest, dass alle Kinder eine Ausbildung ermöglicht werden sollte. Drei Mädchen und zwei Jungs.

Besonders unsere Mutter hat uns Mädchen die Ausbildung immer wieder ans Herz gelegt, allerdings erlaubte die beengte finanzielle Situation keine kostspiligen Berufsausbildungen.

Mit 14 Jahren, als eher mittelmäßige Schülerin, hatte ich nach acht Jahren Volksschule nicht die geringste Vorstellung, was ich lernen sollte, welchen Beruf ich wählen sollte.
Ich zeigte auch wenig Interesse an einer höheren Schulausbildung. Aus Kostengründen kam eine weiterführende Schule allerdings auch nicht infrage.

Meiner Mutter gelang es, mir eine Ausbildung auf einem Gutshof zu beschaffen. Sie erfüllte sich damit einen Traum, den sie sich selbst nicht erfüllen konnte.

In der Zeitschrift „Hessenbauer" fand meine Mutter eine Lehrstelle auf einem Gutshof auf der Rheininsel Langenau, 200 ha groß, mit Obstbaubetrieb.
Die Rheininsel war das Stück Land zwischen dem eigentlichen Flusslauf und dem Altrhein, der dort einen Bogen machte.
Das Gut gehörte der Firma MAN in Gustavsburg. Auf dem Gut hatten hohe Herren und Direktoren ihre Pferde stehen und sind regelmäßig zum Reiten gekommen.
Um es schon einmal vorweg zu nehmen - wenn die Herren sich angesagt haben, wurde für sie das Frühstück vorbereitet und wir hatten alle Hände voll zu tun, damit die hohen Herren nicht meckern konnten.

Meine Mutter, die schnelle Entschlüsse liebte, sagte also eines Tages, dass sie mit mir jetzt dorthin fahren und mich vorstellen möchte.
Mit dem Zug nach Frankfurt, von dort nach Gustavsburg, und mit einem Opel weiter nach Ginsheim zur Alt-Rheinfähre. Auf der anderen Seite erwartete uns bereits eine Kutsche mit zwei Pferden. Mit der sind wir die zwei Kilometer durch die Felder zum Gutshof gefahren.
Es war schon ein Frühstück für uns gerichtet. Meine Mutter und die Lehrfrau, die selbst keine Kinder hatte, haben das alles geregelt. Ich, mit meinen 15 Jahren, habe immer nur ja ja gesagt.

Meine Freundin Annemarie, ebenfalls Auszubildende auf Gut Langenau mit unserem Chef Herrn Seibel, nach dem Melken

Im Mai des gleichen Jahres, habe ich auf dem Gutshof meine Ausbildung begonnen.
Mein Lehrbetrieb sollte mich zur Hauswirtschafterin ausbilden.
Wie schon erwähnt, war es der Traumberuf meiner Mutter, den sie sich nicht verwirklichen konnte.
Aber nicht nur mir, auch den anderen Schwestern wurden qualifizierte Ausbildungen ermöglicht, in denen sie auch erfolgreich wurden.
Viel Zerstreuung gab es auf dem Hof in Langenau nicht. Sonntags morgens sind wir Mädchen in die Kirche mitgenommen worden - und das war fast schon ein Highlight.
Da wir ja schon soooo erwachsen waren, war das Interesse am anderen Geschlecht nicht zu verdrängen. Es gab es zwar Volontäre auf unserem Lehrgut, aber die waren viel älter als wir und wohnten auch weit getrennt von uns.
Da wurde schon darauf geachtet, dass wir ja nicht zusammenkamen und nichts passierte, denn die Lehrfrau musste ja gesetzlich die Mutter vertreten, und ich war ja erst 15 Jahre alt geworden.
Von dort aus durfte ich nur einmal im Vierteljahr zum kleinen Urlaub nach Hause fahren. Auf der Langenau gab es keine Gelegenheiten tanzen zu gehen.

Ich bekam fürchterlich Heimweh, aber durfte nur einmal im Vierteljahr heimfahren. Der Lehrvertrag ging über zwei Jahre, die Ausbildung hieß „Ländliche Hauswirtschaft". Mit mehreren Mädchen teilte ich die Ausbildungszeit.
In allen Bereichen, die mit Hauswirtschaft zu tun hatten, wurden wir eingesetzt – aber was hat nicht mit Hauswirtschaft zu tun?
So durften wir auch in den Viehstall zum Melken, vier Wochen Gartenarbeit, vier Wochen Wäscherei, vier Wochen Küche. An Abwechslung fehlte es uns nicht. Wir haben alles von der Pike auf gelernt.

Höhepunkt der Woche auf Gut Langenau war eine Kutschfahrt am Sonntag

So arbeiteten wir auch vier Wochen lang im Schweinestall, wo die Ratten gesprungen sind. Das war schon etwas für meine 15 Jahre.

Bevor ich den Stall betrat, habe ich gleich einen großen Besen mitgenommen und auf alles drauf-gehauen, denn in den Schrotkisten saßen die nachts auch, das war für mich das Schlimmste.

Wenn die Schweine geferkelt haben, mussten wir dabei sein und warten, bis die Ferkelchen raus kamen. Dann wurden denen gleich die Eckzähne abgepetzt und wir mussten sie unter die Rotlichtlampe legen - und oben sind die Ratten herumgesaust.

Die Lehrfrau war eine stramme und strenge Frau, die selbst keine Kinder hatte und sich überhaupt nicht in uns Mädchen hineinversetzen konnte. Wir haben uns nicht getraut, mal zu lachen. Mittags haben wir mit den Volontären zusammen gegessen. Wehe, es fehlte mal etwas auf dem Tisch.

Ich erinnere mich, wie die Auszubildende Annemarie Tischdienst hatte. Alle saßen schon und die Vorlegegabel hatte gefehlt.
Da rief die Lehrfrau mit Dragonerstimme:
„Annemarie, hol mal die Stehleiter, stell dich drauf und guck auf den Tisch, was da noch fehlt." Es war eine Erziehung wie beim Militär.

Eine Erinnerung wird mir nie mehr aus dem Kopf gehen. Wenn wir zur Berufsschule nach Groß-Gerau mussten, brachten wir immer Milchkannen mit Sahne nach Ginsheim. Das lief dann immer wie folgt ab:
Die Milch haben wir durch die Zentrifuge laufen lassen, dabei separierten wir die Magermilch, die für die Schweine blieb und die Sahne, die in 20-Liter Kannen gefüllt wurde. Die hängten wir dann rechts und links an den Fahrradlenker und transportierten sie über die buckligen Feldwege.
Die Schulmappe auf dem Gepäckträger.
In einem Schuppen beluden wir dann einen Nachen, mit dem wir dann aufs Festland übersetzten. In Ginsheim lieferten wir die Sahne ab, sind mit dem Fahrrad zum Bahnhof nach Bischofsheim gefahren und von dort mit dem Zug in die Schule nach Groß-Gerau.
Einmal passierte es im Januar, es war nass und auch etwas glatt, als ich auf dem Damm fuhr und in eine Vertiefung geriet. Ich war mit dem Fahrrad und den Kannen bös gestürzt. Das war ziemlich schlimm, aber ich hab es dann doch geschafft, den Rest, der in den Kannen war, abzuliefern und zurück zu fahren.

Am anderen Tag musste ich in die Berufsschule und sollte wieder eine Kanne mitnehmen. Da habe ich mich geweigert. Da hat mich die Lehrherrin so beschimpft und niedergemacht, dass ich mein Fahrrad und die Schulsachen genommen habe und nicht nach Groß-Gerau in die Schule gefahren bin.

Dafür bin ich an den Bahnhof nach Bischofsheim geradelt und von dort über Frankfurt mit dem Zug nach Hause.

Meine Mutter war ganz entgeistert, als ich plötzlich vor ihr stand. Mit Tränen in den Augen habe ich ihr alles erzählt. Gott sei Dank war mein Vater nicht da.
Ich hatte den Lehrvertrag gebrochen.
Ein entscheidendes Problem war, mir fehlte ja nur noch ein halbes Jahr um die Lehre zu beenden. Das war auch für meine Mutter nicht einfach, da noch etwas Positives draus zu machen.

Meine Mutter ist dann gleich zur Post gegangen, um mit der Lehrherrin zu telefonieren, und sie erzählte ihr, dass ich nicht in der Schule, sondern zu Hause sei.

Der Lehrvertrag musste in Frankfurt gelöst werden, nach Langenau bin ich nicht mehr hin. Ich habe gedroht in den Rhein zu springen, wenn man mich zwingen würde wieder dorthin zurück zu kehren.
Meine Mutter hatte das verstanden, mir keine Vorwürfe gemacht und alles geregelt. Sie war ja selbst in der Fremde und konnte sich vorstellen, wie man der Willkür in der Ausbildung oft ausgeliefert war.
Als alles geregelt war, habe ich mich in Ahl bei Salmünster selbst in einem Lehrbetrieb vorgestellt.

Da bin ich dann hingegangen, und die Frau, die selbst zwei Kinder hatte, war die Güte in Person.
„Gudrun, dich schickt der Himmel. Du kannst sofort nächste Woche anfangen."
Dadurch hatte ich keine Lehrzeit verloren. Meine Entscheidung, mich dort selbst vorzustellen, war im Nachhinein betrachtet, in jeder Richtung ein Glücksfall.

Als fest stand, dass ich wieder in der Nähe von Unterreichenbach sein würde, fiel das mit dem Heimweh weg.

An diesen Lehrbetrieb in Ahl bei Bad Soden-Salmünster habe ich die schönsten Erinnerungen

Alle 14 Tage bin ich zum Wochenende nach Unterreichenbach gefahren, bin auch tanzen gegangen und habe in der Zeit mit meinem späteren Mann angebandelt.
Der Hof in Ahl war groß. Die Lehrherrin hatte noch eine alte Tante bei sich, die bettlägerig war. Um sie haben wir uns gemeinsam gekümmert und sie gepflegt.
Immer wieder wurde mir versichert, dass mich der Himmel geschickt hätte, und so wurde ich dort wie eine Tochter aufgenommen. Noch heute treffe ich mich mit der Tochter. Sie wurde für mich wie eine Schwester.

In Ahl habe ich dann mein drittes Lehrjahr abgeschlossen. Nach diesem schönen und erfolgreichen halben Jahr habe ich dann die Berufsfachschule besucht.
Als ich noch in dem Lehrbetrieb gearbeitet habe, da holte mich mein zukünftiger Mann mit dem Motorrad ab. Beim ersten Mal fiel es mir schwer, meiner Lehrfrau zu sagen, dass ich gleich abgeholt werden würde, um ins Kino nach

Salmünster zu fahren. Sie hatte nichts dagegen, aber bevor wir losfuhren, musste er sich doch vorstellen, damit man ihn kennen lernen konnte.
Er hinterließ einen guten Eindruck und danach war es selbstverständlich, dass er mich abholte.
Er durfte auch mit uns essen und Kaffee trinken. So wurden ihm nebenbei auch meine hausfraulichen Fähigkeiten vorgeführt. Dabei teilte sie meinem Heinrich stolz mit:
„Schau mal, was die Gudrun Gutes gebacken und den Tisch so schön gedeckt hat."

Meine Eltern waren da weniger erfreut. Die Sorgen meiner Eltern waren zu der Zeit nicht unbegründet. Das weiß ich heute; aber damals?

Sie meinten:
„Um Gottes Willen, fängt die schon früh an. Hat die Ausbildung noch nicht beendet und schon einen Freund. Da könnte doch etwas passieren und dann heiratet sie in eine Landwirtschaft hinein.
Dafür haben wir sie ja nicht ausbilden lassen. Und dann wollen sie die Schwiegereltern vielleicht ja gar nicht, weil sie nichts mitbringt."

Trotz der Sorgen und der Schwarzmalerei, verboten die Eltern nicht den Umgang mit dem jungen Mann und waren immer freundlich zu ihm.
Nur bei der Tochter übernachten, das ging auf keinen Fall. Da gab es Dinge, die halt heimlich geschehen mussten.

Im Herbst bin ich dann auf die Landwirtschaftsschule gegangen und im Frühjahr darauf legte ich meine Gesellenprüfung ab.
Mit der Stelle in der Molkerei im Rücken, feierte ich im Juli 1958 mit meinem Freund Verlobung. Ich wurde bald schwanger und im November 1958 wurde geheiratet.

Da werden sich einige Leser Fragen, wie das damals war mit dem Ausleben in der Jugend.

Das hing vor allem davon ab, ob jemand zu Hause blieb oder in die Fremde ging. Diejenigen, die direkt nach der Schule weggegangen sind, berichten über eine sehr zurückgezogene Zeit ohne Kontakt zum anderen Geschlecht.

Da behinderten dann Geldmangel, aber vor allem Schüchternheit und die Unerfahrenheit, den Umgang mit dem Fremden. Vor allem lähmte der Schritt ins Unbekannte.

Das Bild meiner Verlobung 1958 in unserem Zuhause in Unterreichenbach.
Von links: Cousin Walter, Schwester Sieglinde, ich mit meinem Heinrich, Bruder Gerald (vorn) und Volker (hinten), Tante Auguste und meine Mutter (dahinter)

Ich hatte diese Probleme nicht, denn die Erziehung im Elternhaus, verbunden mit vielen Freiheiten und der gleichzeitigen Sicht auf das Wesentliche, gepaart mit an-

erzogener Selbstsicherheit, hat mir im Leben immer geholfen.
Ich hatte immer mein Ziel vor Augen und bin, auf dem Weg dahin, nicht von meiner Linie abgekommen.
Ein Zitat von Ephraim Lessing war mir immer ein Begleiter, das da heißt:

Der Langsamste, der sein Ziel nicht aus den Augen verliert, geht immer noch geschwinder, als der, der ohne Ziel umherirrt.

Neuanfang und eigene Wege

Gedanken zur eigenen Situation

Ich wiederhole mich nicht gern, aber es ist nicht zu umgehen, die Geradlinigkeit meiner Eltern zu erwähnen, wenn ich auf mich selbst zu sprechen komme und meine eigene Verhaltensweise in manchen Dingen beschreibe.
Es war mir immer bewusst, dass meine Eltern viel auf sich genommen haben, in der Kriegszeit, wie auch danach, neben dem Neuanfang und der Aufbauarbeit nach dem Krieg, fünf Kinder großzuziehen.
Mit harter und ehrlicher Arbeit haben sie es geschafft, allen Kindern eine gute Erziehung zu vermitteln und dafür zu sorgen, dass jeder eine Ausbildung bekam. Gerade bei Mädchen war das damals nicht unbedingt üblich.
Mit Umsicht und teilweise kaum merkbarer Kontrolle sorgten unsere Eltern dafür, dass wir neugierig sein durften und uns frei entwickeln konnten. Bei anderen Kindern, die ich besuchte, hörte ich die Eltern oft sagen: „Lass dich nicht so gehen!" Oder: „Frag' nicht so viel!" Mit solchen Sätzen wurden sie in ihrer Entfaltung und Entwicklung oft gebremst.

Um bei mir persönlich zu bleiben, befähigten mich meine Eltern mit einer Ausbildung auf eigenen Beinen zu stehen.
Auf keinen Fall wollten sie, dass ich mittellos in einen landwirtschaftlichen Betrieb einheirate und womöglich lebenslang darunter zu leiden hätte.
Dass es dann trotzdem so passierte, sollte wohl so sein.
Was ich damals schon spürte war, dass mein Heinrich die Zähigkeit und die Durchsetzungskraft der „Vogelsberger

Bergstämme" besaß, aus denen aufrechte und mutige Männer hervorgingen.
Heinrich war weltoffen und liberal, der jedem eine Chance gab. Und ganz wichtig für ein Familienleben, er war ein glänzender Unterhalter.

Und diese Umstände und mein Wille, sowie meine Tüchtigkeit, widerlegten später die Befürchtungen meiner Eltern. Sie mussten feststellen, dass sie sehr realistisch handelten und mit meiner Ausbildung einen Grundstock legten, der mir sehr half, später meiner eigenen Familie eine positive Aussicht auf die Zukunft zu sichern. Zudem ergänzten mein Mann und ich uns sehr gut.

Ich persönlich, aber auch die anderen Geschwister hatten manche Problemchen zu überstehen und die Eltern mussten mit Güte und Verständnis reagieren. Dass ich aber schließlich einen Beruf erlernte, den ich mir nicht selbst aussuchte, ist dabei zweitrangig.
Ich vertraute da meiner Mutter, fand letztendlich sogar Spaß an der Ausbildung zur Hauswirtschafterin und entwickelte im Laufe der Zeit Ideen und Initia-tiven, in diesem Beruf etwas zu leisten.
Meine Eltern bereiteten mich systematisch auf ein Berufsleben vor, was später bei der Lebensplanung eine nicht unwichtige Rolle spielte.

Meine Eltern hatten es wunderbar verstanden, die allgemein gültigen Gedanken, dass Frauen dazu bestimmt seien Mutter und Gehilfin ihres Mannes zu sein, komplett auszuschalten.

Mit großem Dank sind meine Erinnerungen an diese Zeit und den Eltern verbunden.

Die Eltern mit Sieglinde und Gerald um 1952

Als Beispiel der guten Zusammenarbeit meiner Eltern möchte ich etwas anmerken.
Mein Vater kannte sich mit Dreschmaschinen aus und hat sie im Herbst nebenbei geführt.
Vom Bauern gab es dafür Weizen und Roggen, mit dem meine Mutter dann Brot backen konnte.
Zusätzlich zum Lohn erhielt der Vater in der Molkerei ein Deputat, das aus Milchprodukten bestand. Mutter zog allerlei Gemüse im kleinen Garten, den wir gepachtet hatten.
Es ging uns eigentlich, aufgrund der Arbeitsfreude und dem Willen zur Leistung der Eltern, nie schlecht.

Es nötigt großen Respekt ab, dass sich die Eltern trotz der schweren Lebensbedingungen, vernünftige Lebensverhältnisse schaffen konnten. Dazu gehörten viel Fleiß, Bescheidenheit, umsichtiges Wirtschaften und handwerkliche Fähigkeiten.

Und die besonderen Fertigkeiten meiner Mutter, nicht zu vergessen auch die von anderen Frauen, gehören besonders gewürdigt. Neben Landwirtschaft, Garten, Stallarbeit und Kinder kriegen, gehörten erziehen, kochen, waschen, spinnen, weben, nähen, sticken und stricken, ebenfalls zu deren Aufgaben.

Wenn man damit groß geworden ist, kommen einem gar nicht die Gedanken, dass etwas zu viel sein könnte. Auch wenn es manchmal den Anschein hatte, ist man schnell wieder zur Besinnung gekommen und verrichtete seine Arbeit.
Je leichter die Arbeit wurde, bedingt durch die fortschreitende technische Entwicklung, desto mehr Freizeit gab es, die genutzt werden konnte, neue Ideen zu entwickeln und sie umzusetzen.

Heirat, umdenken und neu orientieren

Meine Gesellenprüfung legte ich im März 1958 ab.
Die Prüfung selbst fand auf einem anderen Landgut statt, in (Leustadt bei Stockstadt). Als Prüferinnen waren vier fremde Lehrfrauen und die Lehrfrau des Landgutes in Leustadt bestellt.
Zwei Tage dauerte sie und es nahmen weitere vier Lehrlinge, alle aus Hessen, an der Prüfung teil. Die wichtigste Aufgabe war, gleich zu Beginn, den gesamten Tag in einem Zeitplan festzulegen, damit ein kontinuierlicher Ablauf der Arbeiten erfolgen konnte, ohne unnötige Pausen und Ausfallzeiten.
Jeder von uns hatte seine Prüfaufgabe zu ziehen. Ohne Losglück konnte das ziemlich heftig ausfallen. Ich bekam die Aufgabe, das Mittagessen für die Belegschaft des Hofgutes zuzubereiten.

Daneben musste ich den gesamten Tag über die Hühner versorgen, Salat im Frühbeet aussetzen und abends das Mutterschwein mit seinen Ferkeln füttern.
Dazwischen war ein großer vorbereiteter Wäschekorb zu bewältigen. Die Wäsche sollte schrankfertig sein, das hieß: Flicken einsetzen, stopfen, bügeln, Knöpfe annähen und so weiter ...!

Ich bekam sofort nach bestandener Prüfung eine Stelle in der Gelnhäuser Molkereischule, damals die einzige in Deutschland. Zusammen mit einer Meisterin habe ich in der Küche als Wirtschafterin gearbeitet.
Mit der Sicherheit, eine Arbeitsstelle zu haben, feierte ich im Juli 1958 mit meinem Freund Verlobung, und mit den Heimlichkeiten hatte es ein Ende.
Ich wurde schwanger. Im November 1958 heiratete ich dann.

Mir passierte genau das, was meine Eltern eigentlich vermeiden wollten – ohne große Mitgift und Chance auf ein Erbe – Einheirat in einen bäuerlichen Betrieb. Ich war gerade mal 19 Jahre alt und mein Mann 21 Jahre. Für meine Eltern war das alles trotzdem viel zu früh. Aber wo die Liebe hinfällt ...!
Nach sieben Jahren der schweren Arbeit auf dem Hof der Schwiegereltern, stellte sich die Frage, ob ich weiterhin nur Mutter und landwirtschaftliche Gehilfin auf dem Hof der Schwiegereltern bleiben wollte.

Ich hatte einen Beruf, war ausgebildet und voller Ideen. Zusammen mit meinem Mann, der ausgebildeter Landwirt war, wollten wir auf dem Hof, den er erben sollte, einen Lehrbetrieb für Jungen und Mädchen aufbauen.

*Mein Heinrich und ich bei der Hochzeit
im November 1958*

Diese Idee wurde leider durch eine Erkrankung meines Mannes im Jahre 1960 zunichte gemacht. Ohne eine notwendige Notoperation wäre er fast gestorben.

Durch die Krankheit und ihre fatalen Folgen konnten wir den Hof nicht mehr bewirtschaften. Der gemeinsame Plan, einen Lehrbetrieb aufzubauen, war gescheitert.

Mein Mann musste sich eine Arbeitsstelle suchen. In der Molkerei in Unterreichenbach hatte er sie gefunden und wurde als Verkaufsfahrer eingestellt.

Heinrich Kneip als Verkaufsfahrer vor seinem Fahrzeug

Er war bis Frankfurt mit den Molkereiprodukten unterwegs. Weil er nicht mehr schwer heben konnte, hatte er einen Gehilfen dabei. Das war fast immer ein 12-Stunden Tag, denn nachts um zwei Uhr sind sie losgefahren und mittags um 14 Uhr waren sie wieder da. Eine harte Zeit, denn in der restlichen Zeit wurde an unserem Haus gebaut.

Links die Molkerei in Unterreichenbach, und rechts hinter der Baumgruppe, entstand unser Haus

Ein Festumzug 1954, zum 60-jährigen Bestehen des Männergesangvereins „Eintracht" Unterreichenbach. Der Festwagen der Unterreichenbacher Molkereigenossenschaft mit einem Kuhgespann, das Heinrich Jäger lenkte.
Die Große Milchflasche, das Markenzeichen der Molkerei, durfte natürlich nicht fehlen.

Ich war inzwischen Mutter von zwei Kindern, und immer noch voller Ideen. Mein Ziel, „Meisterin der ländlichen Hauswirtschaft" zu werden, hatte ich noch nicht aufgegeben.
Ich arbeitete an einer Umorientierung, und war entschlossen, Lehrerin zu werden. Mein Mann bestärkte mich in meinem Vorhaben. Die Kinder waren bereits sechs und sieben Jahre alt.

Mein Mann wechselte zu Raiffeisen und wurde Vertreter für Landmaschinen in der Region Schlüchtern. Als ausgebildeter Landwirt hatte er in diesem Beruf große Entfaltungsmöglichkeiten. Leider hatte das auch einen Nachteil, denn er war oft bis spät in die Nacht unterwegs. An den Wochenenden kamen sogar die Bauern zu uns und in der Wohnstube wurden Geschäftsabschlüsse gemacht. Eine sehr hektische Zeit.

Seit 1952 bestand die Berufsschule in Unterreichenbach als Zweigstelle für das Einzugsgebiet Vogelsberg.
Es war eine dreiklassige Schule, in der Mädchen wie auch Jungs unterrichtet wurden. Alle kamen aus der Landwirtschaft.
Ich begann mit erst einmal vier Stunden wöchentlich, fuhr nebenbei einmal die Woche nach Fulda, um mich dort an der Landwirtschaftsschule für meine Meisterprüfung vorzubereiten.
Nach Beendigung meiner Ausbildung konnte ich voll in den Dienst eintreten. Das hieß, dass ich 26 Stunden Unterricht mit Klassenführung zu bewältigen hatte.

In der Zeit wurde mein Mann dann für ein Jahr arbeitslos, stürzte sich in die Arbeit an unserem Haus und reparierte Motorräder und andere Maschinen.
Mein Wille und mein Durchsetzungsvermögen stachelten meinen Mann an und er ließ sich zum Kranken- und Altenpfleger umschulen, als er arbeitslos wurde.

Mit 42 Jahren nicht ganz so einfach, aber er schaffte sein Ziel. Drei Jahre drückte er die Schulbank in Niederrodenbach und beendete die Zeit mit einem sehr guten Abschluss. Er wurde schließlich Heimleiter bei der Schottener REHA in Neuenschmidten, wo er bis zu seinem frühen Tod gearbeitet hat.

Meine Eltern konnten es noch miterleben, wie sich meine Ausbildung auszahlte, für die sie so vehement kämpften. Vater starb im Mai 1969 und meine Mutter im Dezember 2008. Mein Vater bekam sogar noch mit, wie ich 1966 den Landfrauenverein Unterreichenbach mit begründete. Ich glaube, dass er stolz auf seine Tochter war.

Im Jahr 1982 bin ich an die Berufsschule in Gelnhausen übergewechselt. Das war ein Sprung, der mich erst einmal kleiner machte, denn die neuen Kollegen waren durch die Bank richtige Studienräte. Mein Mann war mir in der Zeit eine große Stütze, wie bei allen Dingen, die ich vorhatte.
Er bestärkte mich darin und gab mir die Kraft, nicht locker zu lassen und voll einzusteigen.

Ich hatte mit der Entwicklung von der Dorfschülerin zur Berufsfachlehrerin gezeigt, dass es zu schaffen ist, von einer einklassigen „Zwergschule" den Anschluss für eine höhere Berufsausbildung zu erreichen. Ich konnte mich unter studierten Kollegen und in städtischer Umgebung, die ich vorher ja nie kennen lernte, gut behaupten.
Auch ein Verdienst meiner umsichtigen Eltern. Zwanzig Jahre arbeitete ich in Gelnhausen als Lehrerin.

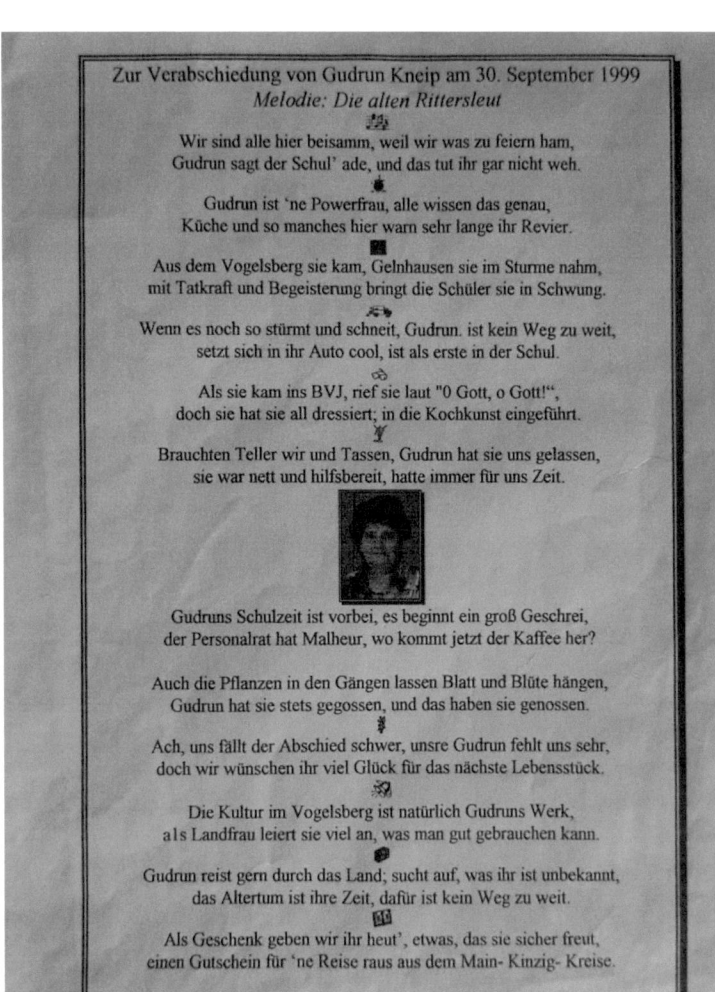

Das Gedicht zur Verabschiedung am 30. September 1999, zur Melodie „Die alten Rittersleut"

Mein Mann hatte sich in der Zeit, die uns eine völlig neue Lebensqualität eröffnete, ebenfalls engagiert und als Ortsvorsteher seine politische Seite gezeigt. Daneben wurde er Mitglied im Geschichtsverein von Birstein.

Eine Sisyphusarbeit leistete er bei der Dokumentation über die Schließung der Molkereigenossenschaften im Vogelsberger Raum. Zu dieser Dokumentation trug er historische Berichte und Bildmaterial zusammen, natürlich auch von der ehemaligen Unterreichenbacher Molkerei.

Mit dem Vortrag „Die Geschichte der Molkerei Unterreichenbach" dürfte er noch vielen in Erinnerung sein.

Landfrauen in Unterreichenbach

Neben der beruflichen Tätigkeit und den Mutterpflichten gab es noch genügend Zeit, sich um andere Dinge zu kümmern. Ich engagierte mich als aktives Mitglied im Landfrauenverein, den ich mitbegründet habe und auch zeitweise die Leitung hatte. Da mir die Landfrauen besonders am Herzen lagen und noch liegen, gibt es darüber vieles zu berichten. Da kann ich aber nur die wirklichen Besonderheiten aufgreifen.

Der Grundstein für den Landfrauenverein Unterreichenbach wurde durch Oberstudienrätin Frau Hanna König am 26.02.1966 gelegt.

Ich hatte sie zu einem Informationsnachmittag nach Unterreichenbach eingeladen. Frau König sprach über die Ziele der Landfrauenarbeit.

Besonders einprägsam war ihre Darstellung, dass viele Frauen über Talente verfügen, die in der Familie verkümmern und durch aktive Mitarbeit in einem Landfrauenverein zur Entfaltung kommen könnten. Zwei Wochen später wurde der Landfrauenverein von 20 Frauen gegründet.

In Personalunion übernahm Josefine Winter das Amt der 1. Vorsitzenden, sowie der Chorleiterin und Schriftführerin.

Mich wählte man als ihre Stellvertreterin, und als 3. Vorsitzende wurde Maria Schuch ernannt. Als Rechnerin stellte sich Christel Weiß zur Verfügung. Dieser Vorstand war vom 3.5.1966 bis zum 28.11.1979 erfolgreich im Amt.

Josefine Winter legte am 28.11.1979 aus Altersgründen ihr Amt als Vorsitzende nieder. Der neue Vorstand, mit Gudrun Kneip an der Spitze, bedankte sich bei ihr und der Verein übernahm in der Folgezeit viele Aufgaben, um Tradition und Kultur in Unterreichenbach zu erhalten und zu pflegen. Dazu gehörten allerdings auch Veranstaltungen, die der Jugend galten.

Ich erinnere mich da an ein ganz spezielles Ereignis. Um auch der Jugend etwas zu bieten, wagten wir es 1983 ein Rockkonzert mit zwei Kapellen zu veranstalten. Bei diesem Rockkonzert, das wir organisierten, musste das Dorfgemeinschaftshaus wegen Überfüllung schließen. Aus allen Richtungen kamen die Besucher, sogar mit Bussen. Dieses Konzert fand großen Beifall und hatte mehr Gäste als erwartet. 1985 wurde das wiederholt und die Gruppe „Folk Family" dazu eingeladen. Die Aktivitäten des Vereins waren auf vielen Gebieten zu verfolgen.
So hilft der Verein seit 1968 bei der Ausrichtung der silbernen und goldenen Konfirmation. Seit 1984 gestaltet er, im Wechsel mit den Oberreichenbacher Landfrauen, die Adventsfeier mit Kuchen, Liedern und Sketchen. 1979 bis 1982 wurden Backhausfeste veranstaltet. Jährlich wurden Lehr- und Informationsfahrten durchgeführt. Neue Anregungen konnten aufgegriffen werden, die genutzt wurden, den Bürgern von Unterreichenbach und in der Region, abwechslungsreiche Programme zu bieten. Natürlich sollten die fleißigen Mitglieder, die überall in der Region gerne eingeladen wurden, um bei Festen dabei zu sein, auch einmal etwas erleben dürfen.
Zum Dank für die Einsatzbereitschaft fuhren die Landfrauen 1984 nach Wien und ins Burgenland, 1988 in den Kanton Wallis in der Schweiz.
Am 3.11.1985 pflanzten Mitglieder des Ortsvereins Unterreichenbach eine Linde am Dalles. Ein nachhaltiges Pro-

jekt, denn die alte Linde und ein Brunnen standen nicht mehr, da diese bei der Verrohrung der Welzbach in den Reichenbach zugeschüttet wurden.
Somit wird die gepflanzte Linde die Geschichte verkörpern und bewahren. Mit dabei waren die Landfrauen.

Die Liste wäre zu lang, um die jährlich wiederkehrende oder besondere Feste und Veranstaltungen aufzuzählen, bei denen die Landfrauen beteiligt waren oder gar die Federführung hatten.
Deshalb nur einige Beispiele: Weihnachtsmarkt in Birstein, das Fest der Behinderten, Ständchen wurden gesungen bei familiären Anlässen, Wohltätigkeitsveranstaltungen, Verbraucherberatung und vieles mehr.
Zudem wurden in den 25 Jahren Landfrauenarbeit Gymnastik-, Schwimm-, Wachsgieß-, Koch-, Eierbatik-, Stoffmalerei-, Makramee-, Häkel-, Strick- und Stickkurse abgehalten. Informationen zur Fußpflege, Kosmetik, Umweltschutz, Haushalts-führung, Kindererziehung, Krankenpflege, Altenpflege, Gartenbau, Landwirtschaft, Gesundheit Ernährung und Autorenlesungen füllten das Programm.

Durch diese vielseitigen Tätigkeiten förderten und fördern die Landfrauen in Unterreichenbach die Gemeinschaft.
Am 23.03.1991 feierte der Verein sein 25-jähriges Bestehen und Gudrun Kneip wurde für ihre Verdienste der Ehrenbrief des Landes Hessen durch Landrat Karl Eyerkaufer überreicht.

„Nach diesen allgemeinen Angaben muss ich heute sagen, dass der Landfrauenverein mein Ein und Alles war. Ich konnte meine Ideen umsetzen und alle haben mitgezogen."

Meine eigene Kreativität entwickelte sich und war immer verbunden mit den Landfrauen, der Tradition und der

Kultur im Vogelsberg, besonders mit dem Leben in Unterreichenbach. Das brachte mich auf die Idee, für die Unterreichenbacher Landfrauen kleine Theaterstücke zu verfassen, die vom Leben handelten, wie es früher einmal war. Irgendwann gab es dann eine Gruppe von Frauen, die mir scheinbar aus Neid das Leben sauer gemacht haben. Das war dann der Punkt, an dem ich das nicht mehr wollte.
Ich blieb zwar Mitglied, ging aber zu keinem Treffen mehr.
Es ging um persönliche Interessen und nicht mehr um das, was den Landfrauenverein ausmachte. Ich habe mich vom Verein verabschiedet.
Aber da das Leben bekanntlich immer weiter geht, hatte ich mir andere Betätigungsfelder gesucht, die mir interessant erschienen und mir in jeder Hinsicht Zufriedenheit garantierten.
Auch mein Mann hatte sich meiner Idee nie verweigert und war im Geschichtsverein Birstein tätig. Der Kreis schloss sich, denn beide waren wir im Dienste der Kultur und der Tradition unterwegs und ergänzten uns. In all den Jahren habe ich aber den Kontakt zu Landfrauen nie verloren, so entwickelten sich dann auch Verbindungen zu anderen Landfrauenvereinen, die mich zu Veranstaltungen und zum Vorlesen eingeladen haben.
Dass ich über die Landfrauenzeit und speziell das Leben auf dem Land bereits geschrieben hatte, war bekannt.

Heute ist der Landfrauenverein in Unterreichenbach Geschichte. Im November 2012 war Schluss, der Verein wurde aufgelöst.
38 Mitglieder waren es am Ende der 46 Jahre, in denen viel für das Dorf und die Kultur getan wurde. Die Chronik und ein Gedicht wurden in einer „Urne" begraben.
Danach habe ich meine eigene Welt aufgebaut und bin unabhängiger geworden und habe jetzt auch mehr Zeit. Außerdem habe ich auch noch Freunde/innen außerhalb der Landfrauen, teils aus der Schulzeit, meine Kolle-

gen/innen, Reisebekanntschaften und natürlich meine Geschwister. Da bin ich oft unterwegs zu Besuchen, bekomme aber auch selbst Besuche. Es wird nie langweilig.

Großartige Veranstaltungen waren Festzüge, die mit den traditionellen Trachten begleitet wurden. Die Traditionen im Vogelsberg haben mich schon immer fasziniert und ich setze mich dafür ein, dass gerade die Tracht unserer Nachwelt gezeigt werden kann. Zufällig erhielt ich die Gelegenheit, eine der alten Trachten zu bekommen. Sie wird in einer Vitrine untergebracht und im Rathaus ausgestellt, und somit der Allgemeinheit zugeführt.

Die Tracht im Vogelsberg

Gerade zu dieser Tracht gibt es folgende Anmerkung: Trachten wurden festgelegt nach Form und Farbe und gab Auskunft über den Träger oder Trägerin, wie: Herkunft, Alter, Familienstand, Religion und Vermögensverhältnisse. *(Wäre das eigentlich mit dem heutigen Datenschutz vereinbar?)*
Die Farbe kennzeichnete das Alter. Rot war die Farbe der Jugend, ein kräftiges Grün, die nächste Stufe. Die Altersfarben waren Blau/Violett. Für die Trauer galt: Schwarz, mit einem kleinen Stückchen Weiß für den Kontrast. Die Farbe Weiß stand für die Taufe und das Totenhemd. Zur Hochzeit trugen die Paare im 19. Jahrhundert das dunkle Festgewand.
So war die Kleidung vor etwa 150 Jahren eine **Tracht**. Sie zeigte die gewöhnliche Mode, die in einem Landstrich oder einer Region üblich war. Die Bezeichnung Tracht leitet sich ab aus dem Begriff tragen und hat verschiedene Sonderbedeutungen. Allgemein bedeutet das >>was auf einmal getragen wird<<, im Sinne von: >>herkömmliche Kleidung<<.

Die Stoffe waren einfach, überwiegend aus Wolle und Leinen, in Handarbeit hergestellt. Vereinzelt tauchten auch Seidenbänder oder Borten auf. Der einzige Schmuck waren bunte Blütenstickereien an den Kopftüchern.
Mädchen trugen bei ihrer Sonntagstracht ein Häubchen, Kommodchen genannt. Die Bänderhaube der älteren Frauen, hatten bestickte Baumwoll- oder Wolltücher, die unter dem Kinngebunden wurden. Die Kopfbedeckung bei der Feldarbeit waren weiße Tücher mit blauem Muster, im Nacken gebunden.
Die Festtracht (in der Vitrine, wie erwähnt): ein durchplissierter Tuchrock mit kleinen Falten, aus Leinen die Kette, der Schuss aus Wolle, dazu eine ausgeschnittene, taillierte schwarze Tuchjacke, die so genannte „Jubbel".
Für den Alltag gab es die gerade geschneiderte, hoch geschlossene Jacke aus einem Schnitt, was sich nie verändert hat. Dazu Röcke mit durchplissierten breiten Falten. Im Sommer trugen die Frauen blau oder schwarz gemusterte und leicht angeraute Stoffröcke, weiße hemdsärmelige Leinenblusen, die gleichzeitig auch Unter- und Nachthemd waren. Die Frisur: geflochtene Haare, im Nacken zum Knoten gesteckt.
Zur Heuernte trug man, wenn möglich, eine helle Jacke und ein weiß-blau gemustertes Kopftuch. Das Schuhwerk: Lederschuhe mit Nägel beschlagener Sohle und im Stall Holzschuhe, darin „Firbes" (selbst gemachte Stoffschuhe mit angestrickten Socken).

Eine Vogelsberger Tracht, die bei verschiedenen Ausstellungen viel beachtet wurde

Generell gab es für alle nur von Hand gestrickte Strümpfe. Im Zusammenhang mit der Tracht, ist auch der allgemeine textile Besitz der Menschen zu nennen. Zur Aussteuer bekam die Braut einen wahren textilen Schatz: Nicht nur die Bett- und Tischwäsche, sondern auch ihre gesamte Kleidung.

Eingeschlossen waren dabei nicht nur die Arbeitskleidung, sondern auch die Kleidungsstücke für besondere Festtage oder Trauer.

Man kann sich ausrechnen, was es zu damaliger Zeit bedeutete, einer Braut die gesamte Garderobe ihres Lebens zu finanzieren. Eine gewaltige Investition, wenn eine Familie nur Töchter hatte. Bei der Männer-bekleidung wurde da weniger Aufwand betrieben.

Der Schnitt aller Männerhemden war gleich. Er richtete sich nicht nach der Größe des Trägers, sondern nach der Breite des Webstuhls. Dann wurden die Schnittteile so angeordnet, dass ein Verschnitt vermieden wurde. Das ganze Leinen wurde so verbraucht.

Ein Festzug in Birstein, an dem die Unterreichenbacher Landfrauen teilnahmen.
Das Motto hieß: „Unsere Tracht vor hundert Jahren"

Der Niedergang der Tracht

Im 20. Jahrhundert verschwanden die Webstühle. Niemand konnte die wuchtigen Webstühle und großen Gerätschaften gebrauchen. Sie wurden abgebaut und verfeuert. Die Tracht mit ihrer aufwendigen Verar-beitung wurde einfach zu teuer.

Die neuen und automatischen Webstühle konnten nicht nur schneller, sondern auch preiswerter produzieren. Die kleinen Webfirmen bekamen keine Aufträge mehr. Die Handwerker wie: Schnallen-, Knopf- und Hutmacher, Trachtenschneider und –schuster, Tuch-, Leinen- und Bandweber, Strumpf- und Kappenwirker, Färber und Blaudrucker; sie alle wurden gezwungen, ihre Betriebe aufzugeben.

Sie gaben ihr letztes Hemd her und viele Familien wanderten aus dem armen Vogelsberg aus. Es zog sie weit weg, bis in die USA.

Resümee

Nur arbeiten und lernen, hart an der Grenze der Kräfte, ist natürlich nicht allein das Lebensziel. Da ich bereits von klein auf zu reisen gewohnt war, in den Westerwald und nach Frankfurt, stärkte das meine Lust, andere Menschen kennen zu lernen.
Nachdem mein Mann und ich als Verlobte das Allgäu besuchten und die Verwandten mit unserer Anwesenheit beglückten, erkannten wir einige Gemeinsamkeiten.
Meine beiden Kinder wurden kurz hintereinander geboren. Sohn Norbert 1959 und Tochter Jutta 1960.
Die Erziehung hatte mir mein Mann weitgehend überlassen.
Wenn es Probleme gab, waren es immer <u>meine</u> Kinder und meine Erziehung, wenn alles bestens und in Ordnung war, waren es <u>unsere</u> Kinder.
Aber warum sollte es mir anders gehen, als anderen Frauen. Ich lernte, damit umzugehen und gut zu leben. Vor allen Dingen hatte ich einen wichtigen Orientierungspunkt – meine Mutter. Das erleichterte es mir, meine eigenen Kinder sehr liberal zu erziehen, ihnen viel Freiheit einzuräumen, wie meine Mutter mir und meinen Geschwistern. Und ich muss nichts bereuen.
Wurde es mit den Kindern in der Pubertät oder sonst irgendwie problematisch, konnte ich mich auf meinen Mann verlassen, der dann die richtige Richtung mit den dazugehörigen Worten fand.
Auch die Berufswahl bei den Kindern wurde frei nach dem Motto: *„Das entscheiden die Kinder selbst"*, akzeptiert.
Bis Ende der 60er Jahre war das mit dem Reisen so eine Sache. Erst dann hatten wir auch die finanziellen Mittel dafür und die Zeit. Unser Hausbau war 1965 fertig und wir konnten einziehen. Es folgten Urlaubsreisen, die uns nach Österreich und Bayern führten.
Dazu kamen Fahrten mit den Vereinen aus Unterreichenbach, in denen wir Mitglieder waren.

Als unsere Kinder dann älter waren, sind wir mit ihnen in den Weihnachtsferien in den Skiurlaub gefahren. Ski und Schlitten waren dabei. Als dann die Kinder selbst schon erwachsen waren, konnten mein Mann und ich Reisen unternehmen, die uns in viele europäische Länder führten. Filme, die mein Mann damals drehte, können sich heute unsere Kinder und Enkelkinder ansehen. Mein Fernweh ist mir bis heute erhalten geblieben.
Im Jahre 1999 sollte für uns dann ein ganz neuer Lebensabschnitt beginnen. Mit der Zeit und den finanziellen Mitteln wollten wir es uns bequem und schön machen. Jetzt hatten wir die Zeit, uns um das Familienleben zu kümmern, und alles das zu tun, wonach man gerade Lust hatte.
An einem Sonntag, dem 24. Oktober 1999, wurde alles mit einem einzigen Schlag anders. Mit 62 Jahren verstarb mein Mann Heinrich. Leider hat mein Mann mich und die Familie viel zu früh verlassen und eine Lücke hinterlassen. So ein Schicksalsschlag ist immer ein Kampf.

Ich musste mein Gefühlschaos ordnen. Ich begann damit, alte Freundschaften wieder zu aktivieren und zu pflegen, und mich um Verwandte zu kümmern. Schwer zu überwinden sind die Momente, in denen sich eine liebe Stimme plötzlich nicht mehr meldet, wenn man darauf wartet, und ein Platz im Hause leer bleibt. Ebenfalls sehr schwer zu ertragen sind die Erinnerungen, die einen plötzlich überfallen. Und eine ganz schwierige Sache war, das erste Mal allein auf Reisen zu gehen. Trotzdem habe ich versucht, um mein Gleichgewicht zu behalten, etwas auf die andere Seite der Waage zu legen – die Dankbarkeit für 41 gemeinsame Jahre.
Da ich gerade in Rente gegangen war, hatte ich Zeit, für den privaten Gebrauch zu schreiben. Meine innere Leere konnte erst mit dem Schreiben von Büchern gefüllt werden. Tagebuch und Reisetagebücher waren die ersten Maßnahmen.

Ich widmete mich der Vergangenheit und dem Leben in der Region und schrieb mir alles von der Seele, von dem ich glaubte, es für eine Nachwelt erhalten zu müssen.
Ich bezeichne es als Therapie, wenn ich Geschichten über das tägliche Brot oder den Apfel verfasste.
Bei Vorträgen kam das aber so gut an, dass ich Kontakt zu anderen Landfrauenvereinen bekam und zum Vorlesen eingeladen wurde.

Zwischendurch hatte ich auch für die Landfrauen in Unterreichenbach kleine Theaterstücke in Mundart geschrieben. Zu den Aufführungen sind die Leute aus allen umliegenden Dörfern gekommen, wenn wir Landfrauen in unserem Dialekt die Stücke auf die Bühne gebracht haben.

Obwohl in unserer heimischen Mittelgebirgsregion niemand „hinter dem Mond" wohnt und es auf dem Land inzwischen längst weniger Bauern als Marketingfachleute und Ingenieure gibt, wird keiner die Einwohner des Vogelsbergs als Trendsetter bezeichnen. Fast alle leben traditionell und Heimat verbunden, nach kurzer Zeit auch die neu hinzugezogenen. Sie lernen die gute Nachbarschaft zu schätzen und lieben das familien-orientierte Leben.
Selten lassen sie sich hinreißen zu Fremden unfreundlich zu sein. Jeder, der des Weges kommt, wird zwar mit abwartender Zurückhaltung, aber dennoch höflich empfangen – und gut bewirtet. Traditionell wird für das leibliche Wohl, bei bunten Vereinsfesten und anderen Veranstaltungen, immer gesorgt. Und es soll stets gut und reichlich sein.
Ich war in meinem Leben weit über das Dorf hinausgekommen, beruflich, aber auch auf Reisen. Dennoch lebte ich am liebsten auf dem Land und bin noch heute über meine Entwicklungschancen mehr als zufrieden.
„Nach einem Tag in Frankfurt fühlte ich mich danach meist sterbenskrank, habe mich oft übergeben müssen.

Die schlechte Luft, die Menschen, die Hektik, das war ich einfach nicht gewohnt. Durch meine berufliche Arbeit an der Gelnhäuser Berufsschule habe ich genug Stadtluft geschnuppert. Hier in meinem Heim, in meinem Leben, fühle ich mich glücklich."

***

Nun möchte ich, wie bereits in meinem ersten Buch **„Von Gäulsbauern und Brieslaabsoß"**, mit einem Zitat des dänischen Theologen Søren Kierkegaard meine Geschichte beenden:

„Das Leben kann nur in der Schau nach rückwärts verstanden, aber nur in der Schau nach vorwärts gelebt werden."